推しの清楚アイドルが実は隣のナメガキで俺の嫁

OSHI no SEISO IDOL ga JITSU wa TONARI no NAMEGAKI de ORE no YOME

[著] むらさきゆきや・春日秋人
[イラスト] かにビーム [キャラクター原案・漫画] さいたま

「わー飾ってくれてる！」
舞香がポスターの前で、
くるっと回ってから、
ポスターと
同じポーズを決めた。
同じ笑顔。
[TSUBASA AOI]
蒼衣ツバサ

赤羽 舞香
[MAIKA AKABANE]

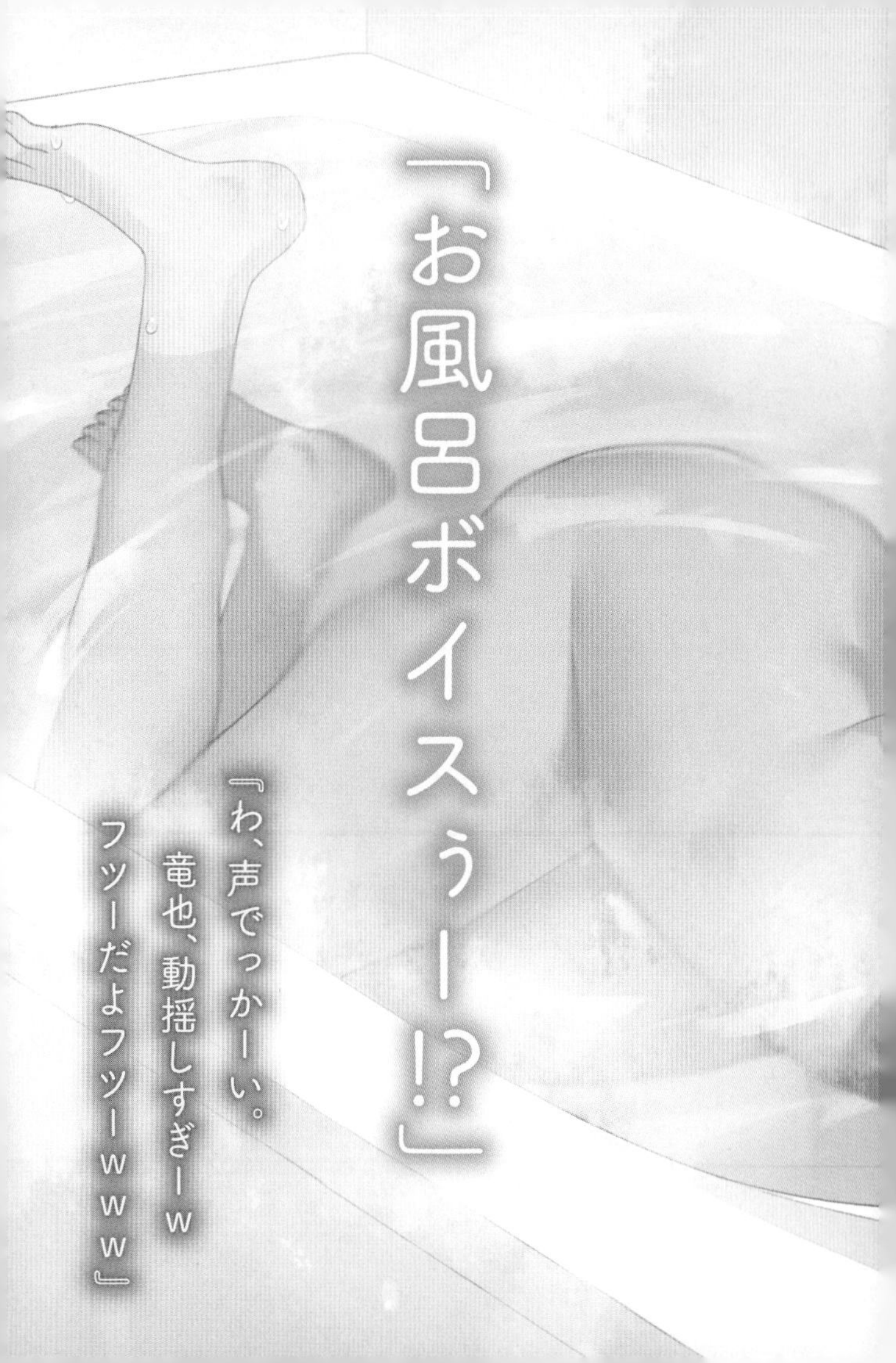
「お風呂ボイスぅー!?」
『わ、声でっかーい。
竜也、動揺しすぎーw
フツーだよフツーwww』

TSUBA AOI
影石 竜也
[RYUYA KAGEISHI]

「優しいのね、影石くん」
顔が近づいてくる。
彼女の唇が、
竜也の頬にちょんと触れた。
天瀬川優姫
[YUKI AMASEGAWA]

CONTENTS

OSHI no SEISO IDOL
ga JITSU wa
TONARI no NAMEGAKI de
ORE no YOME

推しの清楚アイドルが
実は隣のナメガキで俺の嫁2

むらさきゆきや・春日秋人

講談社ラノベ文庫

口絵・本文イラスト／かにビーム
キャラクター原案・漫画／さいたま
デザイン／ＡＦＴＥＲＧＬＯＷ
編集／庄司智

これまでのあらすじ

影石竜也《かげいしりゅうや》は清楚《せいそ》アイドル『アオツバ』を推している。その情熱は人生を捧《ささ》げるほど強い。

クラスメイトの赤羽舞香《あかばねまいか》は、人をナメくさったガキンチョみたいな性格——ナメガキだ。

ところが、なんと舞香がアオツバだった。

踊っている舞香を目撃した竜也は『アオツバ＝舞香』を確信する。

衝撃を受けるが、さらに衝撃的な話を聞かされる。

舞香はアイドル活動を引退させられてしまうという。なぜなら親の決めた許嫁《いいなずけ》がいて、他の相手がいなければ1年後には結婚させられるからだった。なんて時代錯誤な！

「あんたが、あたしの恋人になりなよ～」

舞香に頼まれ、恋人のフリをすることに⁉

お付き合いの証拠写真を撮るために、ふたりで遊園地で遊んだり……

ところが、結婚を強行しようとする許嫁に、舞香が攫《さら》われてしまう。

竜也は彼女を救うべく、婚約発表のパーティー会場へ乗りこむ。生徒会長の天瀬川優姫《あませがわゆき》と、親友の真田巧己《さなだたくみ》——2人の助力を得て舞香の元へ辿《たど》り着《つ》く。

許嫁と対決！　からくも勝利し、舞香を助けるのだった。

PROLOGUE
プロローグ

竜也《りゅうや》は駅前ビルのエスカレーターを上がる。

何度も何度も通って慣れた場所なのに、今はすごく落ち着かない気分だった。

隣をチラリと見る。

やわらかな金髪が揺れていた。制服姿の少女がいる。

竜也にとって理想を形にしたような横顔。吸いこまれそうな瞳。一日眺めていても、飽きないに違いない。

ただし、それは彼女が蒼衣《あおい》ツバサであるときの話だ。

惑わされてはならない。

今は、赤羽舞香《あかばねまいか》——その性格は人をナメくさったガキンチョだ。ナメガキだ。

「竜也～？」

「え？　あ、なんだ？」

「んも～、あたしと一緒にいるのに上の空とか！　竜也の人生にあたしより大切なことなんてナイでしょ⁉　なに考えてたわけー？」

「アオツバのことだ」

「ソレ、あたしでしょ」

「いいや、おまえは舞香だぞ」

「そうなんだけど……そぅかぁ……でも、まぁ……結局はあたしだからいい……かな？」

もごもご言ってから、舞香は訊《たず》ねてくる。

「竜也はさー、よく来るの？　ここ」

「家みたいなもんだ」

「へえー。あたし、お客さんとして表から行くのって初なんだよねー。サイン会したとき以来かな」

「舞香……あんまり迂闊《うかつ》なこと言うなよ？」

竜也は周囲を警戒した。

エスカレーターの前後には誰もいなかったが……

周りには、蒼衣ツバサのポスターがそこかしこに貼られていて、輝くような笑顔を見せている。

その当人が、涼しい顔で笑う。

「大丈夫だって♪」

3階に着いた。雑貨屋の前を通り過ぎると、途端にアップテンポの曲が耳に届く。目当てのショップの店頭には、巨大ポスターが飾られている。

キャッチフレーズは『蒼衣ツバサ　新たな空へ』。人差し指を空へピッと伸ばしたポーズで、周りに羽根が舞っていた。

「わー飾ってくれてる！」

舞香がポスターの前で、くるっと回ってから、ポスターと同じポーズを決めた。同じ笑顔。

思わず竜也は声をあげてしまう。

「うおおお！　アオツバアア！　って――」

――いや本人！

さすがにバレるのでは、と竜也は慌てた。

しかし、当の本人は気楽なものだ。

「あはは！　大丈夫だって。メイク違うんだから、バレないバレない♪」

「……俺はわかるが？」

彼女が照れたように笑った。

「それはー竜也がおかしいんだよー。あ、いい意味でね？　いい意味でおかしい」

微妙な表現だったが、自分のアオツバへの意識の高さを認められたような気がして頬が熱くなる。

たしかに、まばらにいる客たちは誰も舞香に注目していなかった。むしろ、テンション高く叫んでしまった竜也こそ目立ってしまっている。

「たしかに……大丈夫そうだな」

「竜也、あたしのこと気にしすぎなんだよー」

胸を張って返す。

「フッ、俺はアオッバよりもアオッバのことを考えているからな！」

「どんなときも？」

「当然だ」

「お風呂でも？」

「ああ」

「トイレでも？」

「日常だ」

「なんかヤだなー」

「おまえが訊《き》いたんだろ」

「もっと自分の将来のことも考えたほうがいいよ？」

「真顔で言うな。本気で不安になるだろ」

「ぷはははは！」

「むむ……行くぞ。ペンライトは奥の棚だ」

いわゆるアイドルグッズに力を入れているレコードショップだった。

棚にはブロマイドやCDやアクキーやTシャツや団扇《うちわ》など、鮮やかな色合いをした品々が並んでいる。

竜也は鼻からいっぱいに息を吸い込んだ。

「ふぅ、ただいま」

誰に聞かせるでもなく口をついた。

ところが、舞香が言葉を返してくる。

「おかえりー」

「え」

「どう？　嬉《うれ》しかったー？」

「いや。べつに」

舞香にお出迎えされる妄想を浮かべてしまった、とは言えなかった。

ニヤニヤ笑いをされる。

「そっかー、嬉しかったんだ。へー、嬉しかったんだー」

「チ、チガウシ」

「お風呂にする？　お風呂にする？　そ・れ・と・も〜、お・風・呂？」

「どんだけ風呂に入らせたいんだよ。俺が臭いとでも……え？　まさか臭いのか？」

「うわ〜、あたしに嗅いでほしいってコト〜？」

「はは……できるもんならな」

「どれどれ〜。くんくん」

「ぬあ！　マジで嗅ごうとしてくんな！」

「ぷははは！　驚いたときの顔が……マジで焦ってるし」

「まさか本当に嗅ごうとするとは……」

「あたし、何事にも本気で取り組むのがポリシーだから。えらいでしょ？　竜也を驚かせるためだったらドブの臭いだって嗅ぐから」

「ドブほど臭くない……はずだ」

目的のアイテムが並んでいる棚へとやってきた。

先日——

舞香が攫《さら》われた。

許嫁《いいなずけ》である玖珂峰芯斗《くがみねしんと》との大立ち回りで、竜也のペンライトが壊されてしまったのだ。

ペンライトは推しの活動に使う必須グッズである。

定番は拳2個ぶんほどの長さの光る棒で、アイドルのメンバーカラーに合わせた色を振ることで応援の気持ちを示す。

舞香が物珍しそうに棚を眺めた。

「推しとファンの数だけ推し方はあるってことだな」

棚のひとつがまるごとペンライトのコーナーだ。棒状の他にもハート形や星形の商品もある。

目にとまったパッケージに手を伸ばす。

スイッチで色を切り替えられる、ごく標準的なタイプだ。慣れているものが一番だと思っている。

舞香が口元に手を当てた。目を丸くする。

「えっ、竜也……それって……」

「なんだ？」

「ううん。なんでもない。ないよ。ホント。マジで」

「気になるだろ」

舞香がうつむいた。足もとの床を爪先でぐりぐりし始める。

「竜也はさー意外と……浮気するんだねー。べつにいいけどねー」

「う、浮気⁉」

「スイッチで色を変えられるんでしょー。あたしが見てないところで別の子に向けて振るんだー」

――誤解だ！

「聞けよ。俺が切り替えできる多色ペンライトを愛用するのには理由がある」

「え～、言い訳～？」

推しに対する気持ちを疑われるのは心外だった。

とくに彼女には……。

推しは推しても押しつけない――普段はそう肝に銘じて、自分の考えなんぞは表に出さないようにしているのだが。

語らねばなるまい。

「俺は青しか使わないよ。なぜなら、アオツバの色だからだ。そのうえで他の色が選べることに意味がある。たくさんの色があったとしてもたったひとつの色だけを選ぶ――それが俺の推し活だ」

舞香はスマホをポチポチしていた。

「へー……………おっ、わっ、すごーめっちゃ『イイネ』が増えてくよ。竜也、それ名言じゃん」

「おおおい!? SNSに俺の言ったこと投稿するな！」

「ほらー買ってきなよー、青しか使わない多色ペンライト～」

「お、おう」

選んだペンライトを2本、レジに通した。

ショップから出ようとしたとき——

舞香が立ち止まる。

「あ、これ！」

ディスプレイに映像が流れていた。

『蒼衣ツバサ THE FIRST LIVE！』

スカイブルーの衣装をまとった黒髪の少女と、青色のペンライトを振って盛り上がる客たちの様子が映っていた。

竜也はつぶやく。

「……伝説のライブだな」

「懐かしいよねー」

「デビューから1周年の大舞台、アオツバ初のソロだった」

「ねーねー。どのペンライトが竜也？ どのへん？」

「ウッ！」

「ど、どうしたの？」

竜也は絞り出すように息を吐いた。

「………………いん……だ」

「え？　聞こえなかった」

「……その頃の俺は……まだアオツバと出会ってなかった。だから、その客席の中に……俺は……」

いないんだ。

「へー、そうなんだー」

街角でこのライブの映像を偶然見かけ、竜也は魂を震わせた。だから、デビュー時から応援しているファンではない。

「……一生の不覚」

舞香が、うんうんとうなずく。

「竜也、あれなんだ。あれ……なんだっけ、ちょっと待って……あ、そうだ、ニワカだったんだー⁉」

「ぎょえー！　古参以外のファンをニワカと呼ぶのはどうかと思うぞ⁉」

「ぷははは！　ごめんごめん。違う違う。間違った。ちょっと他の言い方がわかんなかっただけで……ファンに古いも新しいもないよね！」

「くっ……ファーストソロのＢＤ《ブルーレイディスク》なら視聴用、保存用、布教用、予備、予備の予備と5枚ほど持ってて細部まで脳内再生できる。セトリもトークも覚えているくらいだ。だから、その場にいたと言っても過言では………いや過言だ！」

熱が入りすぎて、舞香が引き気味だった。

「えーっと……竜也？」

「同じと言い張るのは、アオツバの魅力にいち早く気づき、最初期の活動を支えた先輩ファンに申し訳が立たない」

「ああ、うん。デビューしたときに応援してくれた人たちって、わりと覚えてるよ」

「ううぅ……それに、映像で観《み》るのと現場で体感するのとではやっぱり違うんだ。だからこそ、チケットが当たったときは泣くほど嬉しいわけだし、記憶にも鮮明に残っているわけで……たとえ歓声の一部だとしても、俺の声がアオツバに届いた、イベントを一緒に盛り上げたという充実感こそが……!!」

その場所、その瞬間でしか体験できないものがある。

音響、熱気。アイドルが目の前に存在するという実感。同じ空間にいるのだ。

うんうんと舞香がうなずく。

「ライブはお客さんと作るものだからね～」

「だよな……だよな！」

映像を眺めていた舞香が、ぷふーっと吹き出した。

「ここ！　このダンス、緊張で振り付けゼンブ飛んじゃって、ほとんどノリで踊ったんだよねー。ヤバかったー。無茶苦茶な踊りだったせいか映像だと顔アップと客席ばっかになってんの」

「あああぁぁ……なぜ俺はその場にいなかったァァあああぁッ！」

「ぷはははは！」

竜也が絶叫し、舞香が爆笑した。

さすがに注目を浴びてしまう。

ずっと笑っている舞香の背を押して、そそくさと逃げるように店を出るのだった。

第一話

天瀬川優姫のお手伝い

放課後――

竜也《りゅうや》は日直の仕事を終わらせたあと、人のいなくなった廊下を帰る。

その途中。

女子がよろよろと歩いていた。

烏羽《からすば》色の黒髪が、背中まで伸びている。

いつもは直立歩行のお手本みたいな背筋が、今は窮屈そうに曲がっていた。

生徒会長の天瀬川《あませがわ》優姫《ゆき》だ。

重そうな段ボール箱を抱えていた。

よほど重いのか、ぷるぷると肩は震え、廊下を進む足取りはカタツムリのごとくゆっくりだ。

竜也は彼女に追いついた。

「持ちますよ、会長」

「あ……か、影石《かげいし》くん！　ダ、ダイジョウブ、ヨユー……だからッ！」

「なぜ強がりを？」

段ボール箱を持ち上げる。

ずしっ、と重い。

中は紙か。

会長が膝に手をついて息を吐く。

「ふぅー……、ふぅー……、ひぅー…………………………だずがっだー」

「本気で限界のやつじゃないですか」

絞り出された声には濁点がついていた。

ふぅーはぁー……と、ようやく息を整えた会長が顔を上げる。

背筋を伸ばして、にこりと微笑《ほほえ》む。

「騙《だま》されたわね影石くん？　じつは計画通りだったのよ。やっぱり貴方《あなた》は、私が見込んだとおり――困っている人を放っておけない優しい人だわ」

「いま考えましたよね？　俺が通りかかったの、まったくの偶然なんですけど」

間があった。

「……合格よ、影石くん」

あくまで押し通す気らしい。

「まぁ、そういうことにしときましょうか。これどこまで運んだらいいですか？　階段を下りようとしてましたよね？」

「まってまって、おいていかないでーっ」

†

会長と並んで歩く。

段ボール箱、本当に重い。

「何が入ってるんですか?」

「理科準備室に残っていた、卒業した先輩たちの私物よ。本とかね」

「ふむ……理科準備室なら科学部とかがやるべきなんじゃ?」

「去年、科学部は全員が卒業しちゃったから、ずっと残されてたみたい。先生が困ってたから片付けたの」

「そういうことですか」

つまり、またも面倒事を引き受けていたわけだ。頼まれれば喜んで引き受け、頼まれなくても自分から買って出るのが会長である。

アオツバ——舞香《まいか》が誘拐されたときは、そんな会長に竜也も助けられた。

渡り廊下を歩いて東棟へ。

倉庫の戸を開け、段ボール箱を置いた。体育祭や学園祭で使う備品が積んである。埃《ほこり》やカビの臭いがないのは、きっと生徒会がマメに掃除しているからだろう。

会長が微笑みを向けてくる。

「ありがとう、影石くん。本当に助かったわ」

こんな笑顔を見せられたら、誰でも見蕩《みと》れてしまうに違いなかった。

「たいしたことはしてませんけどね」

会長が腕時計を確認する。

「あ……」

何か予定があるらしい。

「もしかして、また人助けですか？」

「ううん、ちゃんと自分の仕事よ。学園祭の打ち合わせがあって、今日は姉妹校の方が来られるの」

「そういえば、ウチの学園祭は他校との合同開催でしたね」

「どちらも生徒の数が減ってるから……」

「打ち合わせの準備は、もうできてるんですか？」

「もちろん！　生徒会室の片付けもしたし、資料も用意したし、新しいお茶も用意したし、お客様をお迎えする備えは万全よ」

エヘンと会長が胸を張った。

「おー、さすが」

竜也が感心すると、会長はさらに背中を反らして胸を張った。

エヘンエヘン。

「私は生徒会長ですからね。そのくらいは当然できますとも。生徒会の会議ならもう何度もやってますので。完璧よ！　お菓子も専門店に予約して——あ！」

彼女が胸を張ったまま固まった。

ハッとした表情で。

竜也は嫌な予感を覚える。

「えーと、会長？」

「その……今朝、お店に取りに行くはずだったのだけれど……」

「はい」

「寄るのを忘れたわ」

「ウッカリですね」

「たいへん……電話して謝って取りに行かないと……」

「打ち合わせには間に合うんですか？」

学校に近い店であれば可能性はあるだろう。

「…………間に合わないわ」

見ている内に、会長の顔が青ざめていく。

「そうですか……まぁでも、なくてもいいんじゃないですか？」

「1回目の打ち合わせは向こうの学校でやって、そのときは出してもらったから……」

だとすると用意しておきたいところだ。

ふむ、と竜也は思案を巡らせる。

腕組みして算段をした。

「——会長、ひとまず生徒会室に戻っていてください。打ち合わせの準備があるでしょう？」

「それはそうだけれど……」

「お茶菓子であればなんでもいいんですよね？」

「え、ええ……」

「それなら、なんとかなるかもしれません」

考えがあった。

†

10分後——

品のいい和菓子を手に、竜也は生徒会室の戸を開ける。

会長だけで、他の生徒の姿はなかった。

彼女が、ぱぁっと顔を明るくし、驚きの声を上げる。

「まほー⁉」

「魔法ではないですね。茶道部にわけてもらってきたんですよ」

もちろん会長のウッカリのことは隠している。あれこれ事情を話さなくても、会長が必要としていると言えば協力してくれる。彼女の日頃の行いの結果だった。

「うーうー、ありがとうねー、影石くん！」

「どういたしまして。役に立てたなら嬉《うれ》しいです」

「あなたこそ、せいとかいがもとめるじんざいよ！　ずっとそばにいてほしいわ！」

「いやいやいや……」

瞳をキラキラさせられると反応に困ってしまう。

持ってきた茶菓子をふたりで皿に並べていると――

ガラッ！

唐突に戸が開いた。

背の高い男が立っている。

別の学校の制服を着ていて、なぜか手鏡を掲げていた。

男は鏡に映る己の顔をウットリと見つめ、切なげな吐息とともに髪をかき上げる。

「あァ……昨日も今日も明日さえ、オレ様は無敵にイカしている……ギルティーだぜ」

会長がニッコリ微笑んだ。

「いらっしゃい、燐堂《りんどう》くん」

「フッ、その天上の笑み、変わらないな天瀬川優姫。おまえもなかなかのギルティーフォースだぜ」

「ありがとう、燐堂くん」

会長から燐堂と呼ばれた男は、竜也へ向けて、スッと片腕を持ち上げてみせる。

「刻むがいい……オレ様の名は燐堂陽寅《はるとら》！　夏目《なつめ》商業《しょうぎょう》高校の罪深きタイガー！」

なんだコイツは――と100人いれば99人は呆《あき》れるだろう。きっと1000人いれば999人は呆れる。

しかし、竜也は残りの1人だった。

気圧《けお》された。ありのままの自分を表現するという意志の、あまりの強固さに。

――燐堂陽寅！　こいつ、すげえ！

燐堂のキリリとした眉の下の、揺らがない眼光が、竜也を捉えていた。その瞳が語りかけてくるのだ、『次はお前の番だ』と。

応えなければ、勝ち負けで言うところの負けである。夏目商業高校の男たちに、若緑《わかみどり》高校は粋じゃない――と言われてしまうに違いない。

竜也は腰から2本のペンライトを引き抜いた。頭上で交差させる。

そう。

あたかも竜の角の如《ごと》く！

「俺は影石竜也！　罪のことはわからねぇ！　推しへの愛が無限のドラゴンだ！」

燐堂の唇の端が楽しげに持ちあがった。

「やるな」

「あんたこそ」

「ならば……ついてこられるか？」

「なに⁉」

突如、燐堂の背後から猛《たけ》る炎を思わせる赤い光が溢《あふ》れ出《で》たのだ。幻ではない。本当に光っている。

竜也は興奮した。

——すげえええええええええ！

よく見ると気づく。

燐堂の後ろに人がいる。そいつが手にしたライトで燐堂を背中から照らしているのだった。

燐堂が振り返って、ライトを持った相手に言う。

「フッ……いい仕事だ、野々間《ののま》」

「はい！　任せてくださいよ、陽寅さん！」

小柄な男だった。

どうやら相手側は2人組らしい。だとしても、竜也は己の全力でただ応えるだけだ。

ペンライトを光らせる。

もちろん、その色は——

アオツバの色！

「うおおおお！　これが！　俺の！　光だああああああああああ！」

頭の上でクロスさせるドラゴンの構えだ。

燐堂が目を見開いた。

ニカッと笑い、ごつい手を突き出してきた。

竜也は応えてその手を摑《つか》む。固い握手を交わした。

「影石竜也、いい光だったぜ！　おまえとは激烈にギルティーな祭りを作れそうだ！　最高の学園祭にしようぜ！」

「ああ、燐堂！　最高の学園祭に……ん？」

ニコニコ見守っていた会長が告げる。

「影石くん、それって生徒会を手伝ってくれるってことだよね？」

「……あ」

†

朝の教室。

竜也は隣の席の舞香に、昨日の出来事を話した。

「──ってことがあったんだ」

「へーへー……いいことじゃない？　えらいよー生徒会を手伝うんだー。面倒事を自分から引き受けるなんてえらいねー……プフッ……」

「褒めながら笑うんじゃない」

「いやーバカだなーって……あっ、じゃなくってちがくって！　ぷははw」

「嘲笑すんのか褒めるのか、どっちかにしてくれ」

「ぷははは！」

正直に爆笑する舞香だった。

「……ま、やれる範囲で手伝うよ。やれる範囲でな」

合同学園祭のための打ち合わせにやってきた夏目商業高校の生徒会長——燐堂陽寅に対して、竜也は祭りを盛り上げようと約束を交わしたのだった。

舞香がスマホを取り出した。

スケジュールを表示する。

「じゃあさー空いてるときはあたしも手伝うね。なんでかっていうとねー、それはぁ〜、竜也といっしょにいたいから！」

「え」

「あ、本気にした？」

ニヤニヤ笑いを向けられた。

相変わらず、人のことをナメくさっている。

「むむ……」

「前に優姫さんに助けてもらったってのが理由かなー。あのとき竜也が来てくれたの、優姫さんのおかげ——って言ってたよね？」

そのとおりだった。

彼女が恩義を感じているのは理解できる。

「無理はするなよ？」

高校生とアイドルの両立は、ただでさえ大変だろう。

舞香がスマホのスケジュールを見つめたまま口を開く。

「うーん……うーん……たしかに、今月はイベント多くてリハとレッスンで埋まってるんだよね」

「本当に無理はするなよ」

「わかってる……でも竜也は優姫さんの手伝いをするんだよねー。ふたりっきりになったりもするのかな？」

そして、唇を閉ざし、物憂げな顔をした。口元に手をやって黙りこむ。

何を気にしているのだろうか？

……もしかして？

いやいや……

でも。

繊細なガラス細工に触れるような不慣れな感覚で、竜也は口を開く。

「なんだ、その、ええっと……う、浮気じゃないからな？」

勘違いだったら恥ずかしいが、ペンライトの色で疑われていたくらいだ。ちゃんと宣言しておかなければならない。

舞香が声にならない笑い声をあげた。

「～～～～っ！　なになに竜也⁉　それって、あたしに妬《や》いてほしいってコト～？」

「んな⁉」

「そっかー。へぇえ～、そうなんだー」

「なにがそうなんだよ！」

「いや～、だってさー、あたしを心配させないために言ってくれたんでしょ～。それって逆に～、逆にね⁉　あたしに浮気を心配してほしい――ってコトだよね～？　逆に！」

勘違いだったらしい。

恥ずかしい。

「そもそも舞香が何か言いたそうにしてたから言ったんであって……」

「言いたそうにしてた？」

「なんか急に黙りこんで、口元に手をやって」

「あー、ねー、昨日から口内炎が気になっちゃってねー」

竜也は頭を抱えた。

なんて紛らわしいんだ！

「おまえな……おまえ……ちゃんと薬は塗ったのか？」

「え、急に優しい」

「世界の損失は防がないと」

アオツバが口内炎を気にして歌に集中できなければ、竜也の世界にとっては大いなる損失だ。

「ぷはっ。ねぇねぇ、じゃあ、あたしの口内炎、見たい？」

「……は？」

「〝見たい〟って言ったら見せてあげるよ」

「な、なに言ってるんだ？」

「あんま心配するからさー、確認したかったりするのかなー、って思って」

「むむむ……」

たしかに心配だ。心配だが、確認するということは彼女の口の中を覗《のぞ》くことになる。

「ぷはは！　あんたにそんな度胸ないかー」

「む……そんなこと言って、俺が実際に〝見たい〟って言ったら、どうするんだ？」

「〝キモ〟って言う」

「罠《わな》じゃねーか！」

「ぷははは！」

竜也は肩をすくめた。

「まぁ、それだけ笑えるなら大丈夫そうだな。悪くならないように、ちゃんとケアしてくれよ」

「ねーねー竜也ー」

「ん？」

舞香が頬杖《ほおづえ》をつく。窓から吹き込んできた風が、金色の髪をふわりと揺らす。

彼女は顔を傾けてニヘッと笑った。

「楽しいね♪」

思わず見蕩れてしまう。

頬の熱を自覚して、竜也は慌てて視線を逸《そ》らした。

「と、特別なことはしてないぞ」

「だからだよー」

†

HR《ホームルーム》を挟んで1時限目の準備をする。数学の教科書やノートを並べた。

ふと、隣の席の舞香がひらひらと手を振る。

「竜也竜也」

「どうした？」

「やー教科書、忘れちゃったんだー。見せてー」

「いいけど」

「やったー。隣が竜也でよかった」

安堵《あんど》しつつも、舞香が照れ笑いを浮かべた。

竜也は首を傾《かし》げる。

「舞香にならﾞ、俺じゃなくても誰でも教科書を見せてくれるだろうけどな？」

「いやーエンリョしちゃうじゃん！」

「あ、はい。ソウデスネ」

竜也は遠慮しなくてもいい相手ということか？

誰に対しても丁寧な、品行方正なアオツバと比べて、舞香はやっぱり人のことをナメくさったガキみたいな性格だった。

別人としか思えないよなぁ――なんて内心でつぶやきつつ竜也は教科書を机の端に置

く。

舞香が机を寄せてきた。

端と端をピタリとくっつける。

ぐぐっと舞香が頭を近づけてきた。肩が触れそうなほど。

「ありがとねー」

「う、うん」

努力して素っ気なくうなずき、竜也は教科書を広げた。

少しでも体を傾ければ肩が触れてしまう距離だ。甘ったるいミルクみたいな匂いに、鼻をくすぐられる。

隣にいるのは舞香だ。アオツバではない。たとえ同一人物であろうとも、今の彼女は舞香である。

頭ではわかっているのだが……

授業に集中できるだろうか？

触れないように集中していたら、相手のほうから来た。

「今日、ここだっけ？」

教科書を覗きこんできて――

やわらかい肩が触れてきた。竜也は慌てて反対側へと体を傾ける。

「わ、わるい」

舞香がジト目になった。

「えー、傷つくんだけどー」

「なっ⁉ あ、いや、嫌がったわけじゃなく」

「毎日ちゃんとお風呂に入ってるよー？ 嗅ぐー？」

「ぬあ……⁉」

竜也は間の抜けた声を上げてしまった。

舞香が肩にかかる髪を後ろに流すと、白い首筋を見せてくる。

「いいよー？」

「おまっ……おまえな！」

「うっわー、傷つくわー、傷ついたわー、くさいから嗅げないんだー」

竜也は焦った。

違う。

アオツバがくさいわけがない。

否定しなければ。

「だから充分いい匂いなのはわかってるって！ この距離でもヤバいのに、直接なんて無理に決まってるだろ、わかれ！」

言ってからハッとした。

舞香がニヤニヤと笑っている。

「へぇ～？」

「ぐぬぬ……」

「あたしもさー、竜也の匂い、好きだよ～」

「え」

「ホントに好きだから！　もうさー、言わせんなよ、ばかがー」

「な……にを……」

「あとね～、消しゴムの匂いとか鉛筆の匂いも好きなんだよね～」

「はぁ……？」

舞香が、ぷはっと吹き出す。

「あっれー？　どんな意味だと思っちゃったの？」

「ッ……この……やっぱり、おまえはナメガキだな。別人だ。焦った自分が情けない」

「ぷはははは！」

楽しげに笑う舞香から視線を逸らして、竜也は落ち着くために深呼吸した。

1時限目が始まるのを待つ。

再び肩が触れてくる。

いい匂いがした。

――ぐおおおおおお！　俺の反応で遊んでるんだろー⁉　このナメガキめーッ‼

授業に集中、できそうになかった。

†

1時限目が終わった。

椅子から立ち上がった舞香が、寂しげにつぶやく。

「……もうあたしたち、いっしょにいられないね」

竜也はうなずいた。

「そうだな」

「どうして、こうなっちゃうんだろうね、あたしたち……」

肩をすくめた。

どうしてもなにも――

「次は体育の授業で男女別だからな」

器用にも、舞香がウルッと瞳を湿らせる。

さすが芸能人だ。

一瞬にして演技で涙を溜《た》めるとは。

「竜也はあたしと1時間も会えなくてぜんぜん平気なの⁉　まったく気にしないの⁉　本当に寂しくないの⁉」

「そ、そうは言わないが……」

「ぷはっ！　言わないんだーw　ぷははははは！」

「クッ……もういいから更衣室に行け」

「あははは、またあとでねー♪」

†

2時間目、運動場《グラウンド》――

晴れた空の下、100メートル走の計測が行われている。男子たちが直線のコースを次々に走っていく。

走り終えた影石竜也は、他の男子たちを眺めていた。

親友――真田巧己《さなだたくみ》の番になる。

クラスが違うので普段は授業を共にすることはないが、体育では一緒になる。

スタートの合図。

華奢《きゃしゃ》な体つきの巧己が100メートルを走り抜ける。美形《イケメン》は何をしていても絵になるものだ。

発表されたタイムに、おおーっ、と驚きの声が沸き起こっていた。

学年で1位の記録だそうだ。

流石《さすが》の身体能力だった。

走り終えた巧己がやってくる。汗ひとつかいていなかった。

「見てた、竜也～？」

「すごいよな、巧己は。陸上部に誘われるだろ？」

巧己がのんびりと笑う。

「あはは一、体を動かすのは好きなんだけどねぇ、でも道場があるからさ。運動部の助《すけ》っ人《と》くらいならいいんだけどね～」

巧己の家は代々道場をやっていて、巧己は居合《いあい》の有段者だ。

幼少期から鍛えられているのだった。

「すごいよな」

「ふふ……僕からしたら、竜也のほうがすごいと思うんだけどね？」

「なにが？」

「走り方なんかメチャクチャなのに僕のタイムと大差ないんだよ〜、むしろ怖いって。もう少し自分のコトを自覚してもいいんじゃないかな？」

たしかに自覚はない。

とくに身体《からだ》を鍛えてはいないし。

「うーん……体力のいるバイトをしてるせいかも」

「引っ越し業とか運送業とかだっけ。たくさんの荷物を運ぶの、大変そうだね。コツとかあるの？」

「腕で持つんじゃなくて、腰で支えるとか」

「おー、だから体幹が鍛えられてるんだね〜」

「なにより——運んでる荷物を、自分の大切なものだと思ってやってるよ。無限のパワーが湧いてくるぞ」

「あはは……おもしろいね。竜也の場合、運んでいるのをアオツバさんのグッズだと思ってるってことだよね〜」

「いや、違う」

「え〜？　もっと大切なものがあるの〜？」

「アオツバ本人だと思って運んでる」

「ああ！　えらいえらい」

巧己が手を伸ばしてくる。なでなでと頭を撫《な》でられた。

くすぐったい。

「ふむ……やっぱり巧己は変わってるな。こんな妄想を褒めてくれるのなんて、おまえだけだよ」

「いつもがんばってんだから、えらいよ～」

「……認められるのは嬉しいもんだな」

ふふふ、と巧己が笑う。

「やっぱり来てほしいなぁ」

「ん？」

「ほら、いつも誘ってるじゃない。ウチの道場に来てほしいな～って」

「申し訳ないが、俺には推し活があるから無理なんだ」

「そっかぁ……じゃあしょうがないね。ムリだね～」

「ごめんな」

巧己が溜息《ためいき》をこぼしつつ、遠くを見た。

ぼそっと呟《つぶや》く。

「……ふぅ……パーティーの夜に、助けてあげたのになぁ」

「うっ⁉　そ、それは……」

「ボクさみしいよ～」

「わ、わかった！　行かせていただきます」

「わーい。やったぁ～」

とうとう真田家の道場へ。

「……初めてだから優しくしろよ？」

「うん、ちゃーんとやさしくするよ～、ふふふ」

第二話　シャイニングの学園祭

放課後、学園祭の準備が始まった。

竜也《りゅうや》は3メートルくらいある角材を何本もまとめて担いで歩く。

肩にのしかかる感触に、ぐっと歯を噛《か》みしめる。

そのまま一歩、また一歩。踏んだ地面が足裏を押し返すたびに、体の内側にある骨や筋肉の存在が意識に浮かびあがる。

運動場の倉庫から、中庭まで運び終えた。

角材を下ろす。

「ふぅー……ッ……これで最後です」

心地よい達成感を胸に、額に滲《にじ》んだ汗を拭った。

角刈り頭をした書記の先輩が、驚いた顔をして駆け寄ってくる。

「すごいな！　影石《かげいし》くん！」

「えっと……？」

「こんな何本も運んでくるのは大変だったろ⁉」

「いや……慣れてますから」

書記の先輩が角材を数える。

過不足はないようだ。

「いやぁ、すごいよ！　俺は鉛筆より重い物を持ったことがないから、助かったよ！」

それもどうかと思うが……

賞賛や感謝が竜也は照れくさくて、少し苦手だった。くすぐったい。

「他に仕事ありますか？」

「こっちは大丈夫だ。休憩してくれ」

「はい」

あたりを見回す。

6月も半ばになると季節は春から夏へ。

ライブで喩《たと》えるなら、5曲目のはじめ頃——クライマックスへ向けて、どんどん雰囲気が高まる頃合い。

上昇する気温に応じるように、祭りに向けて生徒たちも活気づいていく。放課後の学内には、準備をしている姿がそこかしこに見られた。

中庭の一角から声をかけられる。

「おーい！　ドラゴン！　こっちだ！　こっちぃ！」

目立つ長身の男——燐堂陽寅《りんどうはるとら》が拳を突き上げ、腕をブンブン振っていた。

†

陽寅とその仲間たちによって、学園祭の看板作りが行われていた。校門に掲示する大看板だ。

広げたブルーシートのうえに寝かされた看板は、縦が大人の背丈の2倍以上もある。

横幅は校門と同じくらい。

『若夏祭《わかなつさい》』

若緑《わかみどり》高校と夏目《なつめ》商業《しょうぎょう》高校の学園祭だから、ということらしい。

この姉妹校は、生徒が大幅に減った10年ほど前から、いくつかの行事を共同開催しており、会場は持ち回り。

2校の距離は徒歩20分ほどだ。

看板の中央に書かれた『若夏祭』の文字よりも竜也の目を引きつけたのは——ダイナミックに描かれたイラストだった。

ペンキの刷毛《はけ》を握った陽寅が、ニヤリと笑う。

「どうだ？　オレ様たち入魂の作品だぜ！　感じるだろう、ギルティーなフォースを！」

「ああ……すごいな。なんか気合いが伝わってくる」

陽寅は3年生──つまり竜也より先輩なのだが、出会いが出会いだったのでタメ口で話すのが自然となっていた。

なぜか〝陽寅〟と呼ぶことになっていたし。

彼が腕組みして何度もうなずく。

「そうだろう、そうだろう！　よく描けているだろう？　彼女のことを！」

「ええと……彼女？」

「どうした？」

「いや……」

実在の人物を描いたものだったのか……

看板のイラストを眺める。

豪快なタッチだ。

拙い技術を補って余りあるほど描き手の想《おも》いが溢《あふ》れている。その熱のこもった勢いだけで感動するほど。

しかし、豪快すぎて、誰を描いているのか判別が難しかった。

おそらく、若緑高校の制服が描いてあると思われる。そして〝彼女〟と言っていたからには女子なのだろう。

「デコの部分がとくに気に入ってんだよなー」

陽寅の言葉で、竜也はようやく描かれているイラストが誰なのかを察した。

「会長か」

彼がうなずく。

「見てのとおり！　天瀬川優姫《あませがわゆき》だ！」

ダイナミックすぎることは措《お》いておくとしても。

「なんで会長を看板にした？」

急に陽寅が照れたように体をくねらせた。

「え、それ訊《き》くいま～？」

「なんだその乙女みたいな反応……」

「しゃーねーな。語ってやっか！」

陽寅が語り始めた。

あ、これ長くなるやつだな——と竜也は覚悟を決める。

†

フッ、あれは4月のことだ。

つい昨日にも思えるがな。

そう。

オレ様はこう名づけている。

シャイニング記念日。

あの日、真なる光を目にした。それがオレ様たちにとってどれほどのシャイニングだったかわかるか？

なんてったってオレ様を含めてうちの学校のたいていのヤツは、それまで合同でやる学園祭になんざ、まるで興味を持っちゃいなかったんだからよ。

天瀬川優姫が打ち合わせのため、初めてうちの学校にやってきた日――

彼女はヤンチャな連中に絡まれていた。

そいつらの言い分はわかりやすい。

「気に食わねー」

いいとこのお嬢さんは、どーせジブンらを見下してるに決まってる、ってな。

「お高くとまってンじゃねーぞ⁉」

「テメェらなんかと仲良くできっかよ⁉」

「⁉」

――てなカンジで、そいつらは彼女をビビらせて追い返そうとしていた。

オレ様はあえて止めなかった。お互いムリに合わせようとしてもロクなことにならねーと思ってたからよ。

箱入りのお嬢様なんて脅されたらビビって帰っちまうもんだ、とタカを括《くく》ってた。

だが、こっからがシャイニングだったぜ。

彼女は言う。

「仲良くできないなんて思わないわ」

断言した。

ま、けど耳にゃ入らねーわな。言われたほうのヤツらは声を荒らげたぜ。

「会長サンよォ。ぶっちゃけて話そうや」

「オレらのことメーワクなヤツらとしか思っちゃいねーンだろ？　ああン⁉」

彼女はそいつらにニッコリと笑いかけた。

「仲良くできるように、いっしょにがんばりましょう？　大井《おおい》くん、笹原《ささはら》くん」

ヤツらは面食らってた。

なんせ初めて会った相手からいきなり名前を呼ばれたんだ。

「は？　オレってそんな有名人か？」

「オレのオマケだべ」

まわりで見ていた連中まで近寄ってきて口々に言い出した。

「ハハッ、マークされてらー」「オイオイ、オマエらが知られてるならオレが知られてねーはずねえべ？」「これだから男は。たまたま2人ばかり名前を知られてたくらいで騒いじゃって、恥ずかしくないワケー？」

「なっ⁉　オレのことも知ってんの⁉」「オレも⁉」「ア、アタシも⁉」

「貴方《あなた》は東《ひがし》くん。貴方《あなた》は千里《ちさと》くん。貴女《あなた》は清水《しみず》さん」

そのときにゃもう、みんな彼女に名前を知ってもらえてるか、キョーミシンシンだ。

「オレは⁉」「ウチは⁉」

って自分たちの顔を指さしたんだよ。

彼女はその場に居た全員の名前を知っていた。

名前だけじゃない。

それぞれの部活とか出身中学とかな。

ひとしきり騒ぎが収まってから、誰かが訊《たず》ねた。

「他には？　オレらのこと、なにを知ってくれてんの？」

「校歌を知っていますよ。いっしょに歌いましょう」

彼女は歌い出した。

つまらないと思っていた校歌が、実は素晴らしい曲だったと初めて気付かされたぜ。

まわりのヤツらも思い思いに声を張り上げた。

ま！　オレ様を含めて、誰も歌詞をろくに覚えてなかったんだけどよ！

あーあーって口にするだけで精一杯だった。

それでも……

彼女は微笑《ほほえ》みかけてくれたぜ。

「学園祭でまた皆で歌えるといいわね」

ってな。

オレ様は思ったぜ。

ベストシャイニングだってな！

†

陽寅の語りを聞き終えて――

さすが天瀬川会長だ、と竜也は感嘆の息を吐いた。

以前、全校生徒の顔と名前を覚えているとは言っていたが、合同学園祭のパートナー校とはいえ、まさか他校の生徒のプロフィールまで把握しているとは。

すごい人だ。

彼女のイラストを看板に描いた理由は納得であった。

「陽寅は会長のこと、尊敬してるんだな」

「だからオレ様も迷ったぜ。シャイニングな天瀬川優姫を描くべきか、ギルティーなオレ様を描くべきか、ってな」

「2択だったのか……」

「おいおい、2人を並べてほしいって？　さすがのオレ様でもツーショットになるのは照れるぜ～」

そんなことは言っていなかった。

「……他のみんなも描いてほしかったかもな」

「それな～」

陽寅が笑う。

竜也は自分のことではないけれど、会長が褒められて嬉《うれ》しい気持ちになった。

おしゃべりしていたら背後から声をかけられる。

「ふふっ、なんだか楽しそうね、影石くん、燐堂くん」

振り向くと、ちょうど話題にしていた天瀬川会長が、にこやかな笑みを浮かべていた。

陽寅がフッと頬をゆるめる。

「来たか、天瀬川優姫」

見よ、とばかりに看板を指さした。

会長が歓声を上げる。

「わぁー」

「フッ……シャイニングに完成したぜ！」

「素敵な看板になったわね！」

「ま、当然だな。なにせモデルがいいからよー」

彼女の表情が一瞬だけ固まる。

薄紅色の唇が小さく動いたことに――竜也だけが気付いた。

〝モデル？〟

どうやら会長は、看板のイラストが誰を描いたかわかっていないらしい。

仕方がないだろう。

竜也もすぐにはわからなかったくらいだ。

まして自分を描いたなどと思うほうが、どうかしている。

彼女は微笑んだまま――


「う、うん！　モデルの良さがよく表現されていると思います」

妙なことになってきた。

自身がイラストのモデルであることに気付かないまま調子を合わせたせいで、ものすごく自信満々な人みたいな言動になってしまった。

わかったフリなんてするものではない。

描いた陽寅を失望させたくない一心だろうけれど。

会長らしい失敗だった。

ところが、普段から自信が溢れすぎる言動をしている陽寅が、その程度の言葉に違和感を持つはずもなく。

単純に絵を褒められたと受け取ったらしい。

「ハッハッハッ！　気に入ってもらえてよかったぜ！　これしかねえ――って思って描いたものの、本人に許可をもらってなかったからなー」

「えっ」

「お？　なんか気に入らねえトコがあるか？」

「え、ええと、そんなことは……」

あわあわと会長が困り顔になった。

絵のモデルが自分なのだと気付いていない彼女は、当然のように困惑していた。会話が嚙み合っていない。

そのうち陽寅や他の者たちも、違和感を抱くだろう。

竜也は小さく息を吐いた。

――ときどき気遣いの方向がズレてるんだよな、会長は。

助け船を出す。

「会長、ご自分がモデルだから照れちゃってるんじゃないですか？」

「え――え？　え？」

「おっと、会長ならそんなわけないですよねー。ね？　人前に出るのは慣れたものですからね？」

彼女がハッとする。

「もももちろんだわ！」

「ですよねー」

あはは、うふふ……と竜也は会長と笑い合った。

伝わったようだ。

陽寅へと、会長が向き直る。

完璧な笑みを見せた。

「燐堂くん、ありがとう！　もちろんモデルとしてイラストへの使用を許可するわ。独創的で描き手の個性が発揮されていて……とてもいいと思うわ！　おデコとか！」

自慢のおデコらしかった。

陽寅が照れくさそうに頭をかく。

「フッ……礼を言われるコトじゃねーさ。輝きを世に知らしめないなんて、ギルティーじゃねーからよー」

「光栄だわ」

あはは、うふふ……とまた笑い合っているところに声が掛かる。

「天瀬川会長、お忙しいところすみません。体育館に来ていただけますか？」

小柄な男子で陽寅と同じ制服——夏目商業高校の生徒だ。

会長が応じる。

「あら、野々間《ののま》くん。何かあったの？」

「スピーカーの配置について、軽音部から相談があるそうです」

「すぐ行くわ」

慌ただしく離れていった。

†

放課後——

竜也は人の少なくなった廊下を歩く。

すでに下校時刻は過ぎており、普段なら教師たちに追い出される時間だったが、今は学園祭の準備期間ということで、お目こぼしされていた。校内に残っている生徒は多くなかったが。

呼び出された場所――『3－D』というプレートのある教室前まで来た。空き教室であり、今は会長のクラスが出し物を用意している。

スマホで電話を掛けた。

「着きましたよ、会長。ここに居るんですか？」

彼女が焦ったような声を出す。

『か、影石くん！　なぜ⁉　どうして来てしまったの⁉』

「……会長に呼ばれたからですね」

『だめ……そこは危険よ……呪われているの……入ってはいけない場所なのよ。いい？　絶対に、ゼッタイに、その教室に入ってはいけないわ……』

「呪いですか？」

『絶対よ……』

通話が切れた。

教室の脇に看板が出ていた。本格的なことに薄汚れた板に赤ペンキで雰囲気たっぷりに書かれている。

『お化け屋敷《やしき》』

先程の会話は〝振り〟だろう。

つまり、入れ――ということだ。出し物の感想が聞きたいのか、と察しが付いた。

入口には暖簾《のれん》の形で遮光カーテンがかけられている。

くぐった。

暗い。

足元が仄《ほの》かに照らされているおかげで道順はわかる程度。

どこかにスピーカーがあるのだろう――お経のような音声が聞こえてきた。しかし、よく耳を澄ませてみると。

『あんまんにー、肉まんにー、カレーまんー……プリンとしょうゆでウニになるー……』

お腹《なか》が空いてくるお経だった。

これは会長の声か。

さらに、スピーカーから別の声も聞こえてくる。

『……影石くん……こっちよ、こっち』

録音だけでなく、今しゃべっている音もあるのか。そして、入ってはいけないのか、来てほしいのか？

奥へ進んだ。

ひとつ角を曲がる。

通路の先――ほのかなライトに照らされた台があった。

台の上には大皿。

その上にホールケーキがある。たっぷり生クリームが塗られ、瑞々《みずみず》しい苺《いちご》も載っていた。

美味《おい》しそうだ。

「……なぜケーキが？」

『あー、もー！　ガマンできなーい！』

会長の声が聞こえると同時に――台を照らすライトが消えた。一瞬、竜也の周りも真っ暗になる。

暗闇に目が慣れる前に、すぐに明かりは戻った。

台のライトも。

あるのは大皿だけ。

なんとホールケーキが消えていた。生クリームがついた空っぽの大皿だけが残っている。

竜也は思案する。

――食べられた？　どうやら、ここには腹ペコの会長がいるらしいな？

角を曲がるたびに、新しい食べ物が現れては、食べられて皿から消えていった。

牛丼、パフェ、ハンバーガー……

いずれも美味しそうだった。

すべて会長が食べたとすると、カロリーがすごいことになってそうで恐怖といえば恐怖である。

――変わった演出のお化け屋敷だな？

「む？」

足を止めた。

通路の先に見えたのは、予想したものではなかった。

人間だ。

見慣れた女子の制服。艶《つや》やかな長い髪。うつむいていて顔はよく見えないが。

――会長か？

彼女は、台の上に置かれた大皿に立っていた。

声がする。

『あー、もー！　ガマンできなーい！』

真っ暗になった。

これまでと同じだ。つまり、これまでと同じことが……

暗闇で何も見えない中、嫌な想像が膨れあがっていく。

明かりが戻る。

皿の上には、人間のものとおぼしき白い骨がバラバラに転がっていた。

「――っ⁉」

『びっくりした？』

呑気《のんき》な声が聞こえた。

正直、驚いた。竜也は視線を巡らせる。

先程までは暗くてわからなかった場所が照らされて、先の通路が案内されていた。

奥――

小さな電球の下で、会長が手を振っている。

竜也は安堵《あんど》を覚えた。

「なかなかでしたよ」

お世辞ではなく一瞬とはいえ背筋が震えたのは事実だ。シンプルな演出だったが、印象的だと思った。

会長のほうへ向かう。

３歩――

何か踏んだ。

足元を見ると、白い円形。

これは、大皿だ。

竜也は大きな皿に立っていた。

薄暗いなかでナイフとフォークが鈍く光っていた。

耳元で声がする。

「あー、もー！　ガマンできなーい！」

スポットライトの外――横合いの暗闇から何かが迫ってくる。

ガリッ！　固いものを噛む音が響いた。

竜也は思わず叫ぶ。

「うおわぁぁぁぁぁー!!」

パッ、と照明が点《つ》く。

自分の手足は無事だった。

食べられていない。

すぐ横を見ると、ニコニコと笑みを浮かべている女子――会長の姿があった。

「影石くん、おつかれさま！　楽しんでもらえたかしら？」

「会長？　通路の奥にいたはずじゃ？」

一瞬にして横に？

走ってきた？　足音のひとつもなく？

何か仕掛けがあるはずだ。

会長が通路の奥を指さした。

「あれは鏡よ」

「鏡……あ、なるほど……最初からここにいて、鏡に姿を映してたのか」

まんまと引っかかったわけだ。

「どうだった、影石くん？」

「驚きましたよ。本当に食べられちゃったんじゃないかって」

「よくできてるでしょう！」

ウキウキとスキップして、会長が骨の転がった大皿の傍らにしゃがみこむ。

頭蓋骨を手に取って、自分の顔の隣に掲げた。

竜也の笑顔が引きつる。

「……本物みたいによくできてますね」

「でしょ!?　ちゃんと私と同じサイズにしてもらったのよ。こういうものはリアリティーが大事ですからね。美術部の人ががんばってくれたわ」

「え……その骨……モデルは会長なんですか」

「レントゲンや歯形もとったの！」

「なるほど、怖いですね」

お化け屋敷の仕掛けよりも、彼女の拘《こだわ》り方が怖かった。

そんな竜也の反応が、すこぶる気に入ったようだ。

上機嫌にうなずく。

「でしょう、でしょう！　ここは私のクラスの出し物なんだけど、最後の学園祭だから全力を尽くしたわ。とっても自信作なのよ」

「人気投票があるなら、ここへ入れますよ」

自分をモデルにした頭蓋骨を掲げたまま天瀬川会長が語る。

「コンセプトは弱肉強食――人間も自然の一部であることを思い出してもらいたい。何かを食べるということは、自分が食べられる可能性もあるということなの。このお化け屋敷を通して、みんなに社会に出る前の予行演習をしてもらえたらなって思ったの」

――会長にとっての〝社会〟とは。

彼女には家柄も立場もある。心穏やかなだけではない上流階級の社交界というやつを経験してきたのだろう。

会長はどんな世界を見ているのか……

竜也は控えめに手を挙げた。

「あの……会長、ちょっといいですか？」

「もちろんよ、影石くん。忌憚《きたん》のない意見をお願いするわ」

「……悩みがあるなら聞きますよ」

第三話　真田巧己と道場

目覚まし時計が音を出す。

『朝ですよー。起きてー』

推しの声だ。

『さあ、顔を洗って、朝ごはん食べて、学校に行きましょう！』

ベッドの上で竜也《りゅうや》は身じろぎした。

──今日は学校はないけどな。

起きてー、とアオツバが言っている。目覚ましボイスとして録音された彼女の声だった。

『おはようございます！　今日も一日がんばりましょう！』

さわやかで透明感のある清純な声だった。まさに朝の目覚めにピッタリだ。

間違っても人をナメたようなガキンチョな言動などしなさそうな声。

「…………」

竜也は目覚まし時計に手を伸ばしたものの、アラームのスイッチを切れなかった。このボイスを止めたくない。もっと聴いていたかった。

あと1回、もう1回……

5分ほど経《た》って自動的に声が止まった。

残念だ。

――しかしスヌーズ機能がある。5分ほど待ってれば、また魂が清められるような声が聴ける。

――あれ？

なにかを忘れている気がした。

――今日って休みだよな？

まだ寝ぼけている頭で、目覚ましをセットした理由を思い出そうとする。

枕元に置いたスマホから、メッセージが届く音がした。手に取って画面を覗《のぞ》く。

巧己《たくみ》からだ。

『おはよ～道場で待ってるね～僕のこと忘れてないよね？』

「わ、忘れてないよ⁉」

思わず声が出た。

†

歩いて15分。

立派な瓦屋根の武家屋敷《やしき》みたいな建物だ。

玄関で巧己に出迎えられて、挨拶もそこそこに案内されたのは、古風な道場だった。

武道場。

真新しい道着に着替えた竜也の前に、黒色の道着姿の巧己がいた。

〝技〟を見せてくれるのだという。

ふと竜也は気になった。

「そういやさ……巧己の家って、居合《いあい》の道場じゃなかったか？　日本刀とか使うやつだろ？」

だから巧己は、武器を持っているときは無類の強さだが、素手は苦手——と思っていたのだが。

「そうだよ～。素手は苦手だから、手加減できないんだ～」

「手加減？　じゃあ、ケンカで武器を使うのって……」

「得意だから、殺さないで済むんだよ～」

物騒な話になった。

巧己が小首をかしげる。

「竜也はさ～、刀とか持ち歩かないでしょ？」

「戦国時代じゃないからな」

「だから、素手の技を教えたほうがいいかな～と思ってね～」

「まぁそうだな。刀の使い方を教えてもらうよりは」

竜也は体の正面に分厚いビッグミットを構える。

巧己が拳を腰だめにした。

ふぅぅぅー……と呼気を吐く。

落ちついているが、目は真剣そのものだった。

「いくよ、竜也？」

「よ、よし」

威力の大きいキックを受けるためのミットだ。パンチくらい余裕のはずだが……

巧己が床を蹴る。

爪先、足首、膝、股関節、腰、背筋、肩、上腕、前腕、拳。

いくつもの筋肉が連動して、ひとつの動きを成す。

美しい。

巧己の拳が一瞬にして迫っていた。

当たると思うより先に、衝撃が竜也の身体《からだ》を突き抜ける。

「ッ⁉」

肺から息が吐き出された。

ミットを拳が貫通してきたかと思うほどだ。

胴がくの字に曲がる。

足が浮いた。

一瞬の後――

裸足《はだし》で床板を摑《つか》む。

竜也は尻から倒れそうになり、後ろへたたらを踏んだ。

「うおーったったったっ⁉」

「大丈夫⁉」

残心《ざんしん》も忘れて打ちこんできた姿勢のまま、巧己が焦った声をあげた。

どうにか転ばず、踏ん張る。

「だ、大丈夫だ……」

驚いた。

ビッグミットを持つ手が、じんわりと痺《しび》れていた。

拳一つぶんくらいの厚みがあるクッションを貫通し、手や腕にダメージを与え、決して軽くはない竜也を浮かせるほどの威力。

「やっぱ、つえぇ……」

感嘆さえ漏れた。

自分よりも小柄な巧己から繰り出された攻撃とは、とても思えない。

少し前に戦った玖珂峰芯斗《くがみねしんと》よりも一撃が重い——そう感じた。

巧己がゆっくり拳を下ろす。

「ふふふ～、驚いたでしょ？　これがウチの基礎にして奥義、正拳突きだよ～」

「ああ……吹っ飛ぶかと思ったよ」

「やったぁ」

「真田《さなだ》道場って、本当は空手の道場なのか？」

あはは～と笑う。

「本当に素手で戦うのは苦手だよ～。威力だって、師範には遠く及ばないし～」

それでこの威力なのか。

背筋が震える。

「なあ、巧己の体重ってどれくらいだっけ？」

「え～体重？　それはナイショにしとくけど～。竜也よりは軽いよ」

「だよな」

普通だとパンチ力は体重に比例する。だから、ボクシングでも空手でも体重別に試合する。

竜也はあらためて親友の姿をまじまじ見た。

細い身体だ。

居合の有段者だとは知っているし、武器を持ったときの実力はわかっているつもりだった。武器を手にしてこその強さなのだと思いこんでいた。

拳だけで、これほど威力が出せるとは……

まだ竜也の腕が痺れていた。

巧己が照れたふうに笑う。

「んとね、僕が特別すごいってわけじゃないよ～。小さな身体でも、ちゃんと技術を身につければ強い正拳突きを出せるってだけなんだ」

「本当か……？」

「きっと竜也が練習したら、僕よりもっともっと強くなるんじゃないかな～」

「…………」

「どうお？　どうお？　稽古を受けたくなったでしょ～？」

茶化すような口調で問われた。

竜也は苦笑する。

「たしかに……前よりは興味を持ってるけどな」

先日、あやうく大切なものを失うところだった。

たまたま上手《うま》く切り抜けられたが、どんな技術でも会得しておくに越したことはない。

まさに身を以《もっ》て学んだのだった。

「ふふふ～、手取り足取り教えてあげるね～。ってことで～竜也、まずはさっきのを真似《まね》してみてよ」

「わかった。えっと……こうか？」

竜也は見よう見まねで拳を腰だめにする。

巧己が手を伸ばしてきた。

「ちょっとそのまま止まっててね～」

胸を押されて背筋を伸ばされ、拳の位置を直され、太ももを摑まれて足の開きまで改められた。

「僕の手を突いてみて」

「大丈夫か？」

「へいきだよ～」

やんわり広げられた手に向けて、竜也は拳を突き出す。

自分でも驚くくらいスムーズに拳が出た。

相手のことが心配になるくらい強く、巧己の手の平に叩《たた》きこんでしまう。

しかし、笑顔のまま。

間違いなく拳が当たったのに、受け流されたわけでもなく。つまり、これは……

――受け止められた⁉

華奢《きゃしゃ》な身体からは想像もつかないほど、巧己は屈強だ。

「ふむふむ、なるほどねー。竜也は拳を前に出そうとしてるでしょ～？」

「そりゃ……パンチは拳を前に出すものだろ？」

「人間の身体には、６００以上の筋肉があるんだよ。一部の筋肉しか使わないなんて、もったいないでしょ」

「そんなに多いのかー。その全てを……？」

「表情筋とかは使わないけど～」

「そりゃそうだな」

「じゃあ、たくさんの筋肉を使って、打ってみよう！」

「おう！　って……そんな簡単にできるわけないだろ。想像もつかないっての」

「ばんざーいってやるイメージだよ～」

「パンチだよな？」

「でも、ばんざーいって全身を使ってる気がするでしょ～？」

「まぁ……パンチよりは……」

しかし、正拳突きは前に向かって打つものだ。両手を上げるのとは違う。

「ふふふ……それを何とかするのが武道なんだよ～。面白いでしょ？　学んでみたくなったでしょ？」

「ちょっと教わったくらいじゃ無理だろ？」

「竜也ならできるよ～」

「根拠のない期待をするなって」

「えー、僕は信じてるけどな～。できるよ、うん」

「むむむ……」

借りがあって道場に来てみたが、大切なものを守るために、腕っ節が強いに越したことはない。

竜也は巧己を信じて教わることにした。いきなり高度な技術を習得するのは無理でも、今よりはマシになるかもしれない。

巧己が手を伸ばしてきて、足の位置から直される。

「打ち終わりの姿勢がね、大切なんだ～。この形を覚えればバッチリだからね」

膝の角度から腰の高さから肩の入れ方まで。手を取られる。

細かく甲の向きを直された。

巧己の指先はやわらかい。吸いつくような肌触りで、しっとり冷たい。白くて細かった。

先程、竜也の拳を受け止めた手とは思えない。不思議な感覚だった。

†

真田巧己は微笑《ほほえ》む。

――楽しい。

教えてあげた動きを、竜也が一心不乱に繰り返していた。

やはり、彼の集中力は尋常ではない。

熱心だとか、真面目だとか、そんな言葉では語れないほどだった。

巧己はよく天才と評されるが、今の竜也の姿を見ると――これこそ本物だ、と思えてくる。

「竜也～、そろそろ休憩しようよ～」

「あー」

生返事。

ちょうど蒼衣《あおい》ツバサを見ているときと同じ。

道場の床には、大量の汗が落ちていた。

「ふっ！　はっ！」

「うんうん」

もう動きが様になってきている。ほんの1時間ほど前に構えを教えたとは思えない。

「ふっ！　はっ！」

「竜也～、僕はランニングしてくるね～。飲み物を用意しておくから、あとで僕の部屋に来てよ」

聞こえてはいないだろうけれど。

「せっ！　ほっ！」

「ふふっ……竜也がやる気になってくれて、僕は嬉《うれ》しいよ～」

口もとをゆるませ、巧己は道場を後にする。

中庭に面した縁側を歩いた。

角を曲がると、着物姿の老人とばったり会う。

祖父だった。

ジロリと睨《にら》まれる。

「門下生でもない者を道場にあげよって」

しゃがれた声だったが、力強さが感じられた。

巧己はひらひらと手を振る。

「あはは……帰ってたんだね～、お祖父《じい》ちゃん」

「最近の若い連中は気合いが足りん。ちっくと指導してやったら、早々に足腰たたなくなりおった」

「え～」

たしか今朝、祖父は警備会社へ指導に呼ばれたはずだ――間違いなく猛者《もさ》揃《ぞろ》いだったろうに。

「暇になったから酒でも呑《の》もうかと思っとったんじゃが」

「昼間から～。お祖父ちゃんはお酒が好きだね～」

「気が変わったぞ、巧己……面白いヤツを連れてきおったな」

珍しい。

祖父の声に昂揚《こうよう》が混じっていた。

他人に興味を持つことなど、滅多にないのに。

巧己はにんまり笑う。

「でしょ～」

「彼奴《あやつ》は何だ？　熊とでもやり合うつもりか？」

「え？　ああ……そっか」

鬼気迫る理由が、やっとわかった。

竜也は殺されかけた。

むしろ、よく死ななかったものだと思う。

自分の落ち度だ――と巧己は自責の念を持っていた。今日、彼を無理に呼んだのもその気持ちから。

玖珂峰芯斗は全てを持っている。そんな満たされた男が、まさか赤羽舞香《あかばねまいか》に拘《こだわ》るとは思わなかった。

指南役である自分が出張って、素人である竜也が乗りこんできたら、いつものように面倒になって淡泊に放り出すだろう――と巧己は高を括《くく》っていた。

なぜ拘ったのか？

もしかすると、拘ったのは舞香にではなく……竜也に？　無視できない何かが彼にはあるのかもしれない。

今、自分や祖父が気にしているのと同じように……

巧己はうなずいた。

「竜也には、負けたくない熊がいるんだよ～」

「フンッ……気合いは入っているようだな」

「いいでしょー」

祖父が片眉を怪訝《けげん》そうに持ち上げた。

「気味が悪い」

「あはは……そこがいいんだよ～」

†

竜也は、巧己に教えられた型を繰り返す。

途中から、道場の師範だという老人が現れて、さらに謎の稽古を受けた。

気がつけば夕方。

「し、しぬ……」

竜也は道場から出るときには、すっかり足腰が立たなくなっていた。

なぜか満足げな老人が、不敵に笑う。

「若いヤツのなかにも気合いの入ったヤツがおったな。よかろう、門下生になることを認めてやろう！」

「…………けっこうです」

竜也は這《は》うようにして道場から逃げ出した。
――もう無理だ。
帰ろう。
死んでしまう。
玄関まで来たところで、そういえば巧己が何か言っていたのを思い出した。
相変わらず、自分は人の話を聞いていない。
そもそも招待してくれた親友に声も掛けずに帰るというのは、さすがに冷たすぎるか。
履きかけた靴を戻し、竜也は部屋を探す。
まるで旅館みたいに広い家だ。
板張りの廊下が伸びており、左右に襖《ふすま》が並んでいる。
この中から巧己の部屋を？
無理に決まっている。
「おーい、巧己ー」
声をあげた。
「ふわっ⁉」
思いがけず近くから声がした。
どうやら、偶然にも目の前の襖が、巧己の部屋だったらしい。

「ここか？　開けるぞー？」

「ちょ……まっ……⁉」

竜也は襖を開けた。

ジャージのズボンを引っ張り上げた巧己が、顔を真っ赤にして、こちらを見ていた。おそるおそるという口調で訊《たず》ねてくる。

「……見た？」

「え？　なにを？」

「はぁー……ならいいんだけど～」

「すまない。何か見られるとマズイものがあったのか」

「いや～、竜也になら大丈夫だと思うんだけど～。まだ心の準備がね～……はは……」

気にはなったが、深掘りするのはやめておく。誰にでも、おいそれと他人に触れられたくないものがあるだろう。

竜也は改めて謝罪しておいた。

そして、話を転じる。

「巧己のお祖父さんに教えてもらったよ」

「気に入られたみたいだね～」

「〝門下生にしてやる〟って言われたけど、さすがに断ったぞ。推し活してるから、月謝

も払えないし時間もないし、何よりもあの厳しさについていく自信がない」

「あはは～」

「強くなる前に干物になっちまう」

「お祖父ちゃんは、めったに門下生へ誘ったりしないいんだ～。それだけ竜也がスゴイってことだよ」

「違うだろー……〝そんな正拳じゃハエも殺せん〟とか言われたぞ？」

巧己が顔をしかめた。

「素手でハエを叩きたくないよね～」

「それはそうだな」

「……そっか～……お祖父ちゃんに〝正拳〟って言われたか～……さすが竜也だなぁ～」

独り言のようにつぶやきながら、巧己が座布団を用意する。

「うん？」

――どういう意味だろうか？　自分は正拳の練習をしていたのだから、正拳は正拳だろうに。

「竜也、座っててよ～。飲み物を取ってくるから～」

「助かるな。ノドがからからだ」

座布団に座る。

身体が、みしりと軋《きし》んだ。

男子高校生の部屋というと、もっと散らかっているイメージだったが、まるで客間のように片付いていた。

生活感が薄い。

ほどなく巧己が戻ってきた。

「どうぞ～」

「ありがとな」

テーブルに置かれたグラスを手に取る。注《そそ》がれたミルク色の液体を飲んだ瞬間、舌が痺れた。

「毒ッ⁉」

「不味《まず》いよね～」

「な、なに飲ませたんだよ？」

「身体の成長を促す、秘伝の秘薬――」

「マジか……そんなものが……？」

「プロテインだよ～」

「普通だなあ。もうちょっと美味《おい》しいやつあるだろ？」

「この不味さが効くんだな～」

正直、耐《た》え難《がた》い味だったが、それだけにきっと本当に効くのだろうと思える。

竜也は鼻をつまんで、一気に飲み干した。

舌がじわじわと痛くなる。

口元をぬぐった。

「ふぅ～……こんなものを毎日のように飲んでるんだもんな……巧己が強いのは納得だ」

「え～、そんなことないよ～」

「いや強いだろ」

「こんな不味いもの僕、毎日は飲まないよ～」

「そっちかよ」

「あははは」

巧己が楽しそうに笑った。竜也は肩をすくめる。

「一対一なら、負けたことないだろ？」

「まさか～」

いつもと変わらない口調だったが、いつもの笑みは浮かべていなかった。

「……武器がなかったとか？」

「真剣ではなかったけど、ちゃんとしたの使ったよ？　あっちも持ってたけど」

「それなのに巧己が負けた、ってのか？」

「うん、中学のときに〜」

あ、そうだ——とぽんと手を合わせ、巧己がスマホを取り出す。

表示されたのは、写真だ。

ヤンキーだ。

今どき、というくらいコテコテの不良たちだった。

ぜんぶで5人いて、どれもゴツくていかにもケンカが強そう。

けれども、中央にいる少年だけは、ひょろりと細かった。髪を金色に染めて肩に届くほど伸ばしている。

その金髪のヤンキーを巧己が指した。

「〝伝説君〟って呼ばれてたんだ〜」

「すごい名前だな」

「本名は——氷室零《ひむろれい》」

「一対一で？」

「そう〜。いろいろあって勝負したんだけど、はっきり負けたよ」

「……そうか」

驚きだった。

竜也の知るかぎり、武器を持った巧己の強さは人間離れしている。それより強い男がい

ると は！

「その伝説君――氷室は中学を卒業する直前にチームを解散して、姿を消しちゃって。今はどこで何をしているのか、ぜんぜんわからないんだけどね～」

「……やばいヤツもいるもんだな」

「だね～」

巧己がTVのリモコンを操作する。

てっきり、武道に関係する映像でも流すのかと思ったが……

楽しそうな様子の巧己がつけたのは、海外ドラマだった。いわゆるラブストーリー系のだ。

「これね～今すっごくハマってるんだ。一緒に観《み》ようよ～」

「ん？　なんか強くなるのに関係あるのか？」

目を丸くされた。

「竜也、僕よりバトルマニアになっちゃったねぇ～。うちのお祖父ちゃんみたい」

「冗談じゃない。巧己が見せるくらいだから――って思ったんだよ」

「武道とは無関係だけど～……もしかすると竜也にはもっと大切かもしれないよ～？」

「マジか」

巧己が真剣な顔でうなずいた。

「女心がわかるよ」

「必要か？」

釈然としなかったが、どうせ全身の筋肉が悲鳴をあげており、歩くのも億劫《おっくう》だ。たまには友人の趣味に付き合うことにした。

ドラマを視聴する。

途中で巧己は「ふぁ～」とか「あは～」とか奇妙な声をあげていた。

正直、竜也はよくわからなかったが……

「ふむ……つまり、追いかける恋はつらいって話か？」

「お、理解が深まったんじゃないのぉ～。そうとも言えるし、それこそが恋であるとも言えるってカンジかな～。大切なのは――本当に愛するべき相手は意外と近くにいるってトコかもしれないね～？」

「追いかける恋か――推しと目が合った気がするだけで幸せになる、ってのと似てるな」

「竜也の恋はそうなんだねぇ～」

しみじみと巧己が言った。

ドラマは盛りあがったところで続きは次週となる。

巧己が身をよじった。

「いや～続きはどうなるんだろうね～？　僕、気になっちゃうよ～」

「お、おう……」

障子戸を開けてみると、もう外は真っ暗になっている。

結局、夕飯をごちそうになってから帰った。

第四話

舞香と水族館

夜。

道場から帰ったあと。

竜也《りゅうや》は自室のPCでアオツバのライブ動画を堪能《たんのう》していた。心が落ち着く。テンションが上がる。

そんなときに、スマホに着信が――

正直、至福の時間を邪魔されたという気持ちだった。

舞香《まいか》からだ。

だいぶ慣れてきたものの、今まさに映像を鑑賞している本人からの電話ということに現実感が薄い。

不覚にも手が震えた。

動画を一時停止させる――ちょうどアオツバが笑顔で手を振っているシーンだった。

電話に出ると、スマホのスピーカーから舞香の声が流れてくる。

『もしもしもしもし竜也ー？　ばんわんわんわー』

「……おう、舞香」

『今、暇？　暇だよねー、よかったー』

「……暇ではないな。アオッバのライブを見返している」

『暇だね！』

決めつけられてしまった。

「やれやれ……なんの用だ？」

『えーやさしい～。はなし聞いてくれるんだー？　ホントのコイビトみたいじゃーんｗ』

「よーし、切ってもいいか？　ライブの続きを観《み》たいんだ」

『ぷはは！　カノジョからかかってきた電話を切るとか、ありえないっしょーｗ』

偽装の恋人だろうに。

「おまえな――ん？」

ふと気付く。

「舞香、なんかそっちの声、変じゃないか？　電波が悪いのか？　なんか声にエコーがかかってる気がするんだが……音がわんわんしてる」

『あ、お風呂入ってるからだねー』

「風呂場なのか」

『そーそー』

――なるほど。そりゃあ、声が響くわけ……

言葉を理解するのに時間がかかった。

「お風呂ボイスぅー⁉」

『わ、声でっかーい。竜也、動揺しすぎーｗ　フッーだよフッーｗｗｗ』

「……俺はよく知らないんだが……風呂から電話するのって、よくあるコトなのか？」

『いわゆる時間のユーコー活用？　ぼーっと浸《つ》かってる時間もったいないじゃん？　べつにビデオ通話じゃないし、へーきへーきー』

けろりとした声が返ってきた。

たしかに、音声だけで映像が見えるわけではない。

「も、問題はナイか……」

『えー？　どしちゃったのー竜也？　問題ないんだよね？　あるの？　いいよー言ってみな？』

ぱちゃぱちゃと、水面を叩《たた》くような音がする。

「…………いや、俺は舞香が風呂に入りながら電話してきてもべつになにもまったく問題ない」

過剰反応しても、からかわれるだけだ。

『ぷふっ、メッチャ早口なんだけどー。ほんとにぃー？』

「無心だ」

『だよね！　お風呂から電話してきたからって、変なコト考えたりしないよねー。おかしな想像しちゃったりしないよねー。水音が聞こえたくらいで、ねえ？』

「…………………」

『えっちｗ』

「何も言ってないけど⁉」

『いやーしょーがないよねー。竜也だってオトコノコだもん。しょーがないってｗ　ぷははは！』

いつもの笑い声にもエコーがかかっていた。

動揺を押し込める。

「えー……それで、ご用件はなんでございましょうか、舞香オジョーサマ」

『あのさー、竜也って明日ヒマじゃん』

「俺、そう言ったか？」

『優姫《ゆき》さんから、土日は学園祭の準備も休みって聞いたんだよね。あ、もしかしてバイト入ってた？』

「明日の昼はアオツバのテレビ出演があるだろ。夜はラジオのゲストだし」

戸惑った声が聞こえてくる。

『あーうん。そうだったね。でも生放送じゃなくて、収録だよ』

「だとしても、リアルタイム視聴が当然だ。最新のアオツバを最先端で感じられるからな。俺は感じたい」

『おおう……ど、どうも～……照れるコト言ってくれんじゃん……』

「まぁ、そういうことだ」

ヒマではなかった。

ちゃぽっと水音がする。

『はァーそっかーそっかー。じゃあせっかくスケジュール空けたんだけど、明日はムリかー。あーあ、竜也は来ないのか。寂しいなー。ひとりだなー』

ふと気になる。

「……もしかして、また恋人の演技が必要なのか？」

それなら、話は別だ。

竜也と舞香はフェイクで恋人をしている――

アイドルの蒼衣《あおい》ツバサを守るため、舞香の望まぬ結婚を阻止するために。

すでに許嫁《いいなずけ》の件は、竜也が対決に勝って話がついているが、それで問題が消えたかといえば、そう単純ではなかった。

そもそも舞香が婚約していたのは、母親の願いを叶《かな》えるためだ。その願いとは――娘に幸せになってほしい。

過去のつらい出来事のせいで、母親は舞香に幸せな結婚を望んでいる。そのためにはアイドル活動を辞めてほしいとさえ思っていた。

価値観の違いだ。仕方ない。

だから、舞香が自分で選んだ恋人がいるなら、婚約を解消してもいいという話になっている。

舞香はアイドル蒼衣ツバサを続けるために、竜也とニセモノの恋人関係を続ける必要があるのだった。

そして、明日は演技する必要があるのだろうか？

舞香が間を置いてから、言う。

『──ちがうけどー。ただ竜也と水族館に行きたいかなーって。ふたりで』

演技でもなく。

ただ水族館へ。

ふたりきりで。

それはファンとして踏み越えてはいけない一線ではなかろうか。

「…………悪いが、行けないな」

『どうしても？』

「アオツバの番組が優先だ」

『ふーん、そっかそっか。あー……ビデオ通話に切り替えていい？』

唐突な話だった。

竜也は思わず絶句してしまう。

スマホの画面を凝視した。通話中と表示された画面。

――ここに、お風呂に入っている舞香が映る⁉

舞香が可笑《おか》しそうに笑う。

『ぷはは！　やっぱさー、やっぱー、顔見て話さないと、ねえｗ』

「風呂だろ⁉」

つまり――裸だ。

『見たいっしょー？』

「そりゃあ……」

オトコノコである。異性の裸にまったく興味がないといえば嘘《うそ》になる。しかもそれが自分にとってトクベツな相手であれば、なおさらだろう。

濡《ぬ》れた髪と白い肌が脳裏に浮かぶ。

美しいものを見たい――その欲求自体は恥ずかしいものではないはずだ。

ゴクリと喉が鳴る。

竜也は奥歯を嚙《か》んだ。

「そりゃあ、見たいさ……」

『だよねー♪』

「だがっ、ダメだ。ダメだダメだダメだダメだ！　ダメなんだー！」

『な、なんで？』

何故《なぜ》か。

竜也はきっぱりと告げる。

「俺の目でアオツバを穢《けが》すことになるからだ」

『え、そういう理由？』

「アオツバを穢すなんて許されない。その肌が、誰であろうと俺であろうと邪《よこしま》な視線に晒《さら》されるなんて断じてあってはならない！」

『……お、おう、さすがー』

「舞香、よく聞け——本人だからってアオツバのことをみだりに扱うな。大切にしてくれ。頼むぞ」

『あ、うん……だから竜也にしか見せないんじゃん？』

頬が熱くなる。

「おま……おまえ……お、俺をからかうためだけに体を張りすぎだろう……」

ガキ過ぎて心配になった。

軽々しい言動は慎んでほしい。

ぱちゃんっ、という水音で意識を引き戻される。

『わかったわかった、いいよ、竜也の言うとおりにするよ』

「うむ、わかってくれたか」

『だから、明日デートしてくれるよね？　大切にするから、水族館に行くよね？』

「え？　いや、しかし、明日は番組が……」

『竜也のスマホに、あられもない姿を送っちゃおうかなー』

「おい、やめろ！」

『ぷははは！　わかってるって、映さないであげるよー？　行くー？　行かないー？　どーするー？　ぷっくはははは！ｗ』

竜也はスマホをじっと見つめる。

冗談だとは思うが……

舞香なら、冗談のために全力を尽くしてしまうかもしれない。

「くっ……水族館へ行けばいいんだな？」

『だめだよー。そんな言い方したら、ビデオ通話はじめちゃうよ〜？』

「わ、わかった！　俺とデートしてください！」

『えへへ、そこまで言うなら、行ってあげようかなー。お誘い受けちゃったしなー。ぷははは！』

「お、おう……」

『しっとりオトナなデートにしようねー♪』

「それは無理だな」

竜也が断言すると、また舞香は爆笑するのだった。

†

赤羽《あかばね》舞香は目を覚ました。

翌朝――

舞香はぼんやりとした視線をベッドサイドの目覚まし時計に向ける。

時計の短針が10の数字を指していた。

10時。

約束した時間は11時。

つまり、あと1時間だ。

ニブい頭で考える。

……ええと、朝食は抜くじゃん？

シャワーして、メイクして、着替えていたら、1時間はすぐだ。さらに移動する時間を考えると……遅刻はすでに確定している。

眠気が吹き飛ぶ。

――あ、終わった。

恨めしげに目覚まし時計をにらみつけるが、時間が巻き戻ったりはしなかった。奇跡を願ってスマホを見ても、同じ時刻が無情に表示されているだけである。目覚まし時計が壊れているわけではなかった。

7時にセットしたのに！

どうやら、寝ぼけて自分でアラームを止めてしまったらしい。

「うあああっ、やっちゃった～～～！」

舞香はタオルケットをはねのけた。

ベッドから下りる。

放り出してしまったスマホを慌てて床から拾って、急いで竜也にメッセージを送った。

『ごめん！　いま起きた！』

反応はすぐにあった。

〝大丈夫〟というスタンプが追加で送られてきた。ヤミヌコのスタンプだ。

『ゆっくりでいいぞ』

舞香は続けてメッセージを打ちこむ。

『竜也もゆっくりでいいからね』

『もう着いてる』

――1時間前だよ⁉

〝ごめん〟というスタンプを舞香は送る。すると、ドヤ顔のスタンプが返ってきた。

思わず笑ってしまう。

「あ、そこ、ドヤるんだー」

彼の誇らしげな表情がありありと想像できた。どれほどツバサを大切にしているか語るときの竜也の表情だ。

舞香の頬がほんのり熱くなる。胸の奥がむず痒《がゆ》い。

口が開くのを自分で止められなかった。

「ぷははは！　あははは！　う～わ～。こんなんでキュンってなっちゃうって、ないわ～」

自分の心の動きが本当におもしろい、と舞香は思う。
浸っているのも数秒。
急がなくては！
いそいそと寝間着を脱ぎつつクローゼットへ。
ハンガーにかかった服が、ずらりと並んでいる。
あらかじめ用意しておいた青いワンピースを取ろうとして――
ふと舞香は手を止めた。
いつも清楚《せいそ》系なのも面白みがない気がする。
――ドキッとさせたいよね！
せっかくのデート。
より楽しんでもらいたい。
そして、目に入った服を手に取った。
「これじゃない⁉」
自分の思いつきに、ぷはっと吹き出す。
――これ着ていったら、竜也はどんな顔するかな⁉

†

影石《かげいし》竜也は待ち合わせ場所のベンチに座っていた。

よく晴れた休日だ。自然公園には大勢の人出があり、賑《にぎ》わっていた。

家族連れ、恋人同士、友人たち、わいわいと人が行き交うなか——独りスマホで動画を観ている竜也。

ときどき〝なにあの人、不審者？〟みたいな目を向けられるが、気にしない。それどころではない。蒼衣ツバサのライブ動画を鑑賞しているから。

何度観てもそのたびに感動する。

——うおぉ～ツバサ最高～！

その至福の映像に、通知が被《かぶ》さった。反射的に消しそうになるが、舞香からのメッセージだ。

『公園ついた！』

竜也は顔を上げる。

それまで意識の外にあった雑踏が、急に騒がしく感じられた。

「う、やばい……緊張してきた」

深呼吸する。

公園内は涼やかな憩いの場だ。緑の葉をつけた背の高い木々が風に揺れている。中央にある噴水は、青空から降り注ぐ光をキラキラと反射させていた。

――デートスポットだよな。

恋人たちが手を繋《つな》いで歩く姿や、ベンチに座って肩を寄せ合っている姿が目に入る。

竜也はそわそわしてきた。

――落ち着け。俺たちは違う。これはデートじゃない。いや、デートとは言われたけど、本物ではない。

なぜなら本物の恋人ではないから。

今回は母親への演技のためのデートではない、とは言っていたが……

それなら、今日は何だ？

もう一度深呼吸して息を整える。

――友達として遊びに誘われただけだ。

単純な答えである。

何もおかしなことはない。

竜也は落ち着きを取り戻した。友達と遊ぶのは普通だ。

「りゅーやー！　おまたせーっ」

心臓が跳ねる。

竜也はベンチから立ち上がり、声がしたほうへ顔を向けた。

鮮やかな金髪の少女が、挙げた手をブンブンと振って駆けてくる。

赤羽舞香だ。

竜也の前まで全力で走ってきて、彼女は両手を合わせた。

「ご……ぷははははっ！」

「いきなり爆笑だと？」

「ごめ！　ごめ……竜也の顔を見たら！」

「笑えてきた、と」

「そうだけどそうじゃなくて！　そう、安心！　安心しちゃったんだよー」

「……ふむ？」

安心する顔――なんて評されたことはなかったので意外だった。自分の顔をなでてみる。

「やーごめんごめん、悪いのは目覚まし！　目覚ましがさー！」

「鳴らなかったのか？」

「止めちゃったんだよねー、自分で！　ぷははは！」

「目覚まし時計は何も悪くなかったな」

「そういうことってあるよねー」

　言われて竜也は考えてみる。

「……俺の場合は逆だな」

「逆？」

「俺はアオツバの声で起こしてくれる目覚まし時計を使っているんだが……」

「は？　あ、ああ……あったねー」

「アオツバの声をずっと聞いていたくて、止められないんだ。ずっと聞いてて遅刻しそうになる」

　舞香がぽかんとした。

　すぐに吹き出す。

「ぷっ、あははは！　やばw　目覚まし時計カワイソー！　起きて起きてーって言ってるのに起きてくれないんだー」

「耳が幸せだぞ」

「ぷははは！　あたしの声、好きすぎかよー！」

「いや、舞香じゃなくアオツバの声が……」

　言っている途中に、竜也は気づく。

　舞香の服。

　Tシャツにスリムジーンズを合わせたラフな格好なのだが……

目が胸元に吸い寄せられる。

見間違うはずのないマークがプリントされていた。ハートと翼——アオツバのシンボルだ。

「舞香、そのTシャツ……まさか……」

竜也も同じものを着ていた。自分の持っている服のなかで、これより素晴らしい服はない。

舞香が見せつけるように胸を張った。

「そうだよー。てかさー気づくの遅くなーい？　気づいてくんないのかと思っちゃったよー」

たしかに、アオツバのマークにすぐ気づけなかったのは不覚だが。

「……俺が着てるのと印象が違いすぎる」

「ほーん？」

本人には言わないが、顔もスタイルもいい舞香が着ていると、ファッションショーに出られそうなほど見映えが良かった。

自分が着ていると、イベントグッズのTシャツなのに。

舞香が不安げな顔をした。

「似合ってない？」

「その服が舞香より似合う人は、いないと思う」

竜也の感想に、舞香が頬を染める。

「おー、たははw　嬉《うれ》しいコト言ってくれんじゃーん！」

「俺はまだまだ未熟だな……ただ着るだけで満足していた」

舞香がイタズラっぽい瞳を向けてきた。

「ねえねえ、それよりさー、他にも言うべきコトがあるんじゃないのー？」

竜也はうなずく。

胸の前で、ぐっと拳を握りしめた。

「ライブに来たみたいでテンション上がるよな！」

イベント会場には、同じグッズTシャツを着た人たちが大勢参加する。アオツバのライブを思い出し、胸が熱くなった。

舞香が肩を落とす。

「じゃなくてー」

「違うのか？　えっと……」

舞香が半眼になった。

むぅ、と薄桃色の唇が尖《とが》る。

「ペアルック、じゃん？」

「そ……その発想はなかった」

言われてみれば、その通りだ。竜也はあらためて舞香と自分を見比べた。サイズこそ違うけれど同じ柄のTシャツ。まさにペアルックである。

認識すると急速に頬が熱くなった。

——まるで恋人だ。

友達と出かけるときにペアルックはしないだろう。

竜也は困惑し、戸惑い、言葉を失った。

「あ……うん……」

舞香がニカッと笑う。

「ねーねー竜也、ドキッとした？　したよねー！　ぷははは！　作戦せいこー！」

†

水族館を二人で歩く。

舞香が水槽の中を指差した。

「竜也、見て見てなにこれかわいー」

「む……かわいい、か？」

変な形の魚を見たり、変な色した魚を見たり、あまり生物に見えない何かを見たり。

「あはは、かわいー」

「かわいい要素があるか？」

「えーかわいいよ。竜也に似てるー」

「どこが？」

「無愛想なとこー」

「ぐむむ……」

「あ！　竜也、アイス売ってるよ、アイス！」

「だな、食べるか？　バニラとチョコがあるけど」

「んとねーんとねーお腹《なか》へったからー、ホットドッグ食べたーい！」

舞香は自由だった。

まるで踊るようなステップを踏んで、くるくると動き回る。竜也は文字どおり振り回されるのだった。

†

水族館を出ると、午後3時を過ぎていた。

西に傾いた太陽の光を浴びて、舞香が伸びをする。

「んーっ、堪能したーっ」

「別世界だったな」

見上げる高さの巨大な水槽に、大きさも形も様々な魚たちが棲《す》んでいた。トンネルになっている場所では、悠然と泳ぐエイの白いお腹が見えた。

竜也が日常では味わえない景色を思い返していると、にーっと舞香が笑う。

「ふふー、おそろいー」

バッグを掲げる。そこに、おみやげ屋で買ったキーホルダーがついていた。小さなペンギンのぬいぐるみが揺れる。

竜也も同じ物を腰につけている。

「そりゃ、『ペアルックが崩れちゃう！』って渡されたらな」

「でー？　おそろいを身につけてみての感想は～？」

「恋人の演技は完璧だな」

「ぷは！　今日はフェイクじゃないって言ったじゃーん！　なになに？　照れ隠しー？」

ウリウリと肘でつつかれる。

何を言ってもからかわれそうだった。

話題を変える。

「ええと……舞香、行きたいカフェがあるんだったよな？」

「ふふっ、そーそー、新しくできたトコ！　友達が雰囲気いいって教えてくれて――」

軽快なメロディーが聞こえた。舞香のバッグからだ。

「電話か？」

「あ、うん。ちょっと待っててねー」

舞香がバッグからスマホを取り出す。道の端に寄って、少し通話すると戻ってきた。

ニコッと笑う。

「お待たせ！　よーし！　じゃ、行こっかー」

「なんかあったか？」

考えるより先に、竜也は訊《き》いていた。

舞香が顔を強張《こわば》らせる。

バツが悪そうに頬をかく。

「あはは、わかっちゃうカンジ？　さっきの電話、ママが入院してる病院からだったんだよねー」

竜也は黙って続きを待った。

舞香が肩をすくめる。

「ママ、熱が出ちゃったらしくて。あ、でもそんな深刻なカンジじゃないからね？　竜也は気にしないで大丈夫だから。ママって体が強いほうじゃないから、こういうコトはたまにあるんだ。まーいちおう様子は見に行こうと思うけど、デートが終わったあとでゼンゼンいいから！」

竜也はうなずく。

「そういうことなら、早く病院に行かなきゃな」

「えっとー……いいの？」

「なにを気にしてるんだ？　このままカフェに行ったって楽しめないだろ？　お母さんのお見舞いをしたほうがいい」

舞香が顔を見せたところで体調が回復するわけではない——というのは理屈だが、人の心というのは情の先にある。

「ん……でもホント、深刻じゃないって言ってたよ？」

「でも心配なんだろ？」

安心させるように、竜也は軽く笑ってみせた。

舞香の目が一瞬、見開かれる。

こくん、と彼女は首を縦に。

「……ありがと、竜也」

「俺は病院の外で待ってるから」

「なに言ってんの？　竜也もお見舞いに行くんだよ」

「え？」

流れ変わったな――と思わず生唾を呑《の》みこんだ。

†

タクシーを降りると、タイル貼りの建物が待ち構えていた。

大きな病院だ。

日曜なので正門は閉まっており、裏手にある小さな扉から入って、狭い受付で訪問理由を書いて、しばらく待たされた。

とくに案内などは出ていないのに、舞香は手慣れた様子で手続きを進めていく。

何度も来ているのだとわかった。

「竜也、行こっか」

「……本当に俺も行くのか」

喉からぎこちない声が出た。

エレベータへ向かって廊下を歩く。さすが都内の大病院だけあって、床にはカーペットが敷かれており、柱は大理石、壁には絵画、並んでいるソファーは革張りで高級ホテルみたいだった。

舞香は溜め息をつく。

「面会できるってコトは、ホントに大したことないってコトだよね」

「だろうな」

「ねー。だから深刻なやつじゃないって言ったじゃーん。やっぱカフェに行けばよかったかな」

「電話もらったとき、泣きそうな顔してたぞ」

「ぷははっ！　そんな顔してたー⁉　やだーばかー見ないでよー忘れて忘れて」

「わかった、忘れておく」

エレベーターの中で、じろーっと舞香がこちらの顔を覗《のぞ》きこんできた。

いつもの笑みを浮かべる。

「竜也さー、初めてママに会うから緊張してんじゃーん？　そうっしょ？」

当たり前だ。

竜也は舞香の恋人だと偽っている。

カレシとして振る舞わなければならない。バレてしまわないか？　娘に相応《ふさわ》しくないと判断されないか？

結果によっては、また蒼衣ツバサの危機である。

緊張しないわけがない。

考えすぎると、吐き気がしてきて、自分まで病院のお世話になってしまいそうだった。

「……俺、変なところないか？」

舞香が竜也の上から下までを眺める。

ぐっと親指を立てた。

「カンペキ！　いつもの竜也だよ♪」

声が笑っている。

「やはり、俺は外で待っていたほうが……アオツバの未来に余計なリスクを……」

「大丈夫ダイジョーブw　やーマジでさー浮かれたカップルにしか見えないからw　今のあたしたちwww」

ぷぷぷと声を抑えつつ笑って、舞香はTシャツの襟元をつまむ。

ペアルックのTシャツ。

竜也は吐き気だけでなく心臓の動悸《どうき》が加速しすぎるのを感じて目眩《めまい》がした。

母親からすれば〝娘をモチーフにしたTシャツを着ている男〟である。どんなふうに受け取られるだろうか？

冷や汗が背筋をつたい落ちた。

舞香の母親はどんな人なのだろう？

エレベーターの扉が開いた。

†

消毒液のニオイがする。

病室といえば殺風景で真っ白い部屋——と想像していたが、温かみのある薄茶色の壁には、水草の茂る絵画が飾られていた。

小さなテーブルとリクライニングチェアとスタンドライトは、読書したり手紙を書いたりするためのものか。

それだけなら、まるでホテルの寝室だが……

大きめのベッドには車輪が付いており、サイドテーブルやら背を起こす機能やら、複数のナースコールボタンやら、いかにも現代的な設備で、そこだけが浮いていた。

窓際に、ワンピースにカーディガンを羽織った女性が立っていた。

ゆったりした格好ではあるが、病衣ではない。

白に近い金色の髪で、お人形のように肌が白く、ほっそりしていてファッションモデルみたいだった。

舞香が声をあげる。

「ママ、寝てなくて大丈夫なの？」

「平気よ。わざわざ来てくれてありがとうね、舞香さん」

母親は娘を〝舞香さん〟と呼ぶらしい。

「元気そうでよかったー」

「お医者さまが大袈裟《おおげさ》なのよ、ちょっと熱が出たくらいで家族に連絡するだなんて」

「う、うん」

「明日には熱も下がるわ、きっと」

舞香がホッと胸を撫《な》でおろす。

それから、母親の目が、こちらへ向いた。

「……貴方《あなた》は」

竜也は頭をさげる。

「初めまして、影石竜也です。赤羽舞香さんとお付き合いをさせていただいております」

噛まずに言えた！

緊張のあまり吐き気と動悸と冷や汗が止まらなかったが、アオツバのためならカンペキに演技できる。

母親は目を細めて、その折れそうな身体《からだ》を曲げた。

「こんな場所でごめんなさい。舞香の母、赤羽静江《しずえ》です」

舞香が付け足した言葉に、竜也は吹き出しそうになってしまう。

「静江って呼んで！」

「ぶっ⁉　いやいやいやいや……」

「ハッ、もしかして竜也――〝お義母《かあ》さん⁉〟って呼びたい⁉　ちょっと早いんじゃないかなーでも、竜也がどうしてもって言うなら！」

「舞香さんのお母さん――と呼ばせていただきます」

「あ、うん、そっかー」

いつもなら〝つまんない〟くらい言いそうだったが、母親の前ではガキみたいな言動は自制している様子だった。

母親がうなずく。

「ふふ……私は影石くんと呼ばせていただくわね」

「はい」

舞香が母親の背に手を添えた。

「ママ、座ってたほうがいいんじゃない？」

「そうね。あなたたちも座ってちょうだい？」

「うん」

椅子の数が2つなので、竜也と舞香がそこへ座る。母親は起こしたベッドに身体を預けた。

「ふぅ……ごめんなさいね、舞香さん。心配をかけてしまって」

「気にしないで。近くにいたから寄っただけ」

「大切なデートだったのでしょう？　すごく楽しみにしていたものね」

「あー……」

「何日も前から、あれこれ準備して」

「えっとー……」

「わざわざ買った服、今日は別のにしたのね」

「ママ！　別のこと話そう！」

舞香が珍しく顔を真っ赤にして慌てていた。

誘われたのは前日だったから、てっきり気まぐれで考えついたデートかと思っていたのに――何日も前から準備していた？　竜也に断られるかもしれないのに？

舞香が視線を逸《そ》らした。

「や……。事務所に何度も何度もお願いしても、休日予定のとこへ急に仕事が入ること、けっこーあるし……ね」

ふと昨夜の言葉を思い出す。

『はァーそっかーそっかー。じゃあせっかくスケジュール空けたんだけど、明日はムリかー。あーあ、竜也は来ないのか。寂しいなー。ひとりだなー』

あの言葉は全て本心だったのか⁉

「おま……ばか……あんな冗談ぽく……」

〝仕事が入らなかったら行こう〟と条件付きで約束しておけばいいものを。アオツバの活動なら喜んで譲ったのに。

「……だって……竜也と約束したあと、やっぱナシって言いたくなかったし」

母親の手前、わーわーと言い合うことはしないが、正直なところ言いたいことは山ほどあった。

――いつもいつも好き勝手に振る舞うナメガキのくせに、変なところで遠慮しやがって。

いや……

教えてもらうまでもなく、自分は知っていた。

アオツバは人気急上昇中のアイドルだ。

メンバーでやるイベントだけでなく、単独《ソロ》ライブもあり、ＴＶやラジオなどへの出演も増えている。

収録、レッスン、ミーティング……学校を休むことも珍しくなくなってきた。

事務所へ何日も前からお願いして、やっと取れた休日に、こんな自分との時間を選んでくれたのだ。

知識としては持っていたのに……

竜也は自分の思慮の足りなさに苛立《いらだ》ちを覚えた。

「……すまん」

母親が手招きし、舞香がベッドに近寄る。

「なに、ママ?」

「優しい人なのね」

舞香が照れた様子で身をよじる。

「うひひ、そーかなー? そーかもー」

母親が細い両腕を舞香の背中に回した。

ぎゅっと抱き寄せる。

「紹介してくれて嬉しいわ」

「えへへへ……」

不思議な気分だ。

今の舞香は、からかってくるクラスメイトでもなく、雲の上のアイドルでもない。おそらく、これが自然体の彼女だった。

舞香が母親の腕から離れる。

「もう、ママったら。ここは家じゃないんだから」

「わかってるわよ」

「ホントにー？　まー、元気なのがわかってよかったけどさ。安心したよ」

「私は元気よ」

「あんまり無理しないでね？」

「気をつけるわ」

「早く帰ってきて」

「また、すぐ退院できると思う」

「うん！」

まだ舞香は何か言いかけたが、その言葉を呑みこむ。

ベッドから離れた。

「じゃ、ママの元気な顔を見られたし！　あたしたちはもう帰るね」

「そうね。ああ、少し待ってちょうだい。――影石くん」

ドアへ向かいかけていた竜也は、足を止めた。

「はい」

母親がベッドのうえで背筋を伸ばし、はっきりと力強く言う。

「不束《ふつつか》な娘ですが、どうぞよろしくお願いします」

舞香が衝撃を受けた顔をした。

「ふつつか……⁉」

――そこは慣用句だから流せよ。というか、不束じゃないつもりだったのか？

竜也はツッコみたい気持ちを我慢した。

そうはせずに、母親へ答える。

「それは、もちろん」

湖面のように澄んだ目が、竜也を見つめる。

「私はここしばらく入院していて、人伝《ひとづて》にしか聞いていないし、舞香さんも詳しくは話してくれないのだけれど……玖珂峰《くがみね》さんと何かあったそうね？」

「あ、えっと……」

病気で入院している女性に話すには、ショッキングすぎる出来事に思えた。

知人や家族が言わないことを自分が話すわけには……

「本当に何かあったのね」

「……はい」

「そう。そして、舞香さんは貴方を選んだ」

「あ、う」

改めて言われると、そういうことになるのか、と困惑してまう。

「貴方はなぜ舞香さんを大切に想《おも》ってくれるのかしら？」

――半端な返事はできない。

竜也は考える。

今でもアオツバと舞香は別人だと思っているが、それは言動の話であって――間違いなく同一人物だともわかっている。

だから――

「俺は、舞香さんに人生の意味を教えてもらいました。今も。だから、受け取ったぶんくらいは返したいって思っています」

静江が考えこむ。

ちょっと意味がわかりにくかったか。

「影石くんには、これからも迷惑を掛けてしまうと思いますけれど……」

「それはもう覚悟を……あ、いや、そんなことありませんよ？」

つい本音がこぼれてしまった。

舞香が割りこんでくる。

「ふたりとも、さっきから、ひどいよー⁉」

「私は心配して言っているのよ？」

「あたし、迷惑なんてかけないし！　不束とかじゃないんだけどー」

「本当かしら？」

不束というかナメガキですね——とは言えなくて竜也は口を閉じておいた。

わーわー、と母娘《おやこ》が言い合う。

竜也は苦笑した。

「舞香さんのお母さん、俺は大切にします。幸せにできるとかそういうのは、まだわからないけど……全力で守ることだけは約束できます」

「影石くん……ありがとう」

話をしてみて、この女性は舞香の母親なのだと実感した。舞香の幸せを一心に願っている。

アイドルというものを理解できないだけで、娘への想いには一片の陰りもなかった。

だからこそ、舞香は母親の気持ちをむげにできない。

——当然だよな。

すごく良《い》い人だから。

†

病院を出て時刻を確認すると、午後4時を過ぎていた。

高校生のデートであれば、もう解散してもいい時間ではあるが……どちらからも、そう言いだすことはなく、竜也たちは駅前のカフェに立ち寄った。

窓際のカウンター席に並んで座る。

入店時に買ったホットコーヒーが湯気をあげていた。

一息つく。

「緊張した……」

「あははっ、おつかれー、竜也♪」

「まあ……会ってみて、舞香が母親のことを大事にするのは、当然だよなって」

素直な感想を口にした。

愛情の深い女性、という印象だ。

お互いを大切に想っていることが、よく伝わってきた。

舞香が嬉しそうに頬をゆるめる。

「でしょー？」

彼女はコーヒーにミルクを少しだけ落とし、スプーンでくるくるとかき回す。

竜也はブラックのまま口をつけた。

ぽそ、と舞香がつぶやく。

「結婚の報告は、いつするー？」

「ぶふぉっ⁉」

「やーもー、作戦がジュンチョーすぎじゃないー？　ママってばもうあたしと竜也がくっつくのは確定——みたいなさ？　そう思ってる顔だったもん。したらホントに結婚するしかなくなーい？　ねーなくなくなくない？」

「お、おまえ……」

舞香の口許《くちもと》は楽しげに笑っている。

「式場はチャペルがいーなー。豪華なオルガンが奏でる荘厳な調べの中を、ウェディング衣装でバージンロードをママと歩くの。一生で一度のツーマンライブ！」

「それは見てみた——いやいやいや結婚式はライブじゃないぞ」

ツッコみつつも、頭の中には場面が浮かんだ。

純白の衣装を纏《まと》った新婦の舞香。

ヴェールを持ち上げる自分。

舞香は目を閉じて……

「竜也ー？　竜也ー？　もしもーし？」

ハッ！と魂を現世に戻すと、舞香が隣の席でニヤニヤと目を輝かせていた。

竜也は咳払《せきばら》いする。

からかい返すつもりで口を開いた。

「よし、結婚だな！　18歳の誕生日が来たら役所に行くか！」

反撃が意外だったのか、彼女が目を丸くする。

それも一瞬のこと――

舞香が身を乗り出してきた。

「えー？　ほんとー？　結婚する？　しちゃう？　やくそくね、やくそく！」

「はいはいするする。さすがにしちゃう。あーやくそくな」

「じゃあ、これ」

すっとテーブルの上に紙が差し出された。ノートを広げたくらいの大きさの紙だ。見出しはシンプルに三文字だけ。

「……………ええと」

「書いて♪」

「なんですか、これ？」

唐突に出てきた公的な書類に、思わず敬語になってしまった。

「えー知らないのー見たことないかー。そりゃそうだよねー。これは、婚姻届～♪」

「へー……なるほど、これが――」

「これにお互いの名前を書いて役所に出せば結婚できるんだよ」

「なんでこんなものが？」

「えへへー、こんなこともあろうかと、用意しておいたんだよねー」

「意味わかんないけど、なるほどなー」

フェイク――演技の恋人関係のための小道具といったところだろうか。

竜也はテーブルに置かれた紙をまじまじと見つめる。ピンク色の線で引かれた枠が並んでおり、名前を記入する欄にはしっかりと『赤羽舞香』の文字が並んでいた。

判子も捺《お》してある。

「ほらほらほら竜也ー。名前書いてよー」

「本気でガチなやつじゃん」

「ぷははは！」

遠慮なく笑い飛ばした舞香が婚姻届を取り上げた。

バッグに仕舞う。

「うっそー♪　残念でしたー。本気にしちゃったー？」

そういえば、こいつは人をおちょくるナメくさったガキのような性格なのだった。

竜也は目を逸らす。

「し、知ってたが」

「ぷっ、ぷははは！　ごめんてーごめんごめんそんな顔しないでよー。がっかり顔ー」

「がっかり顔は、たんなる罵倒だ」

言い合いながらも……竜也は頬がゆるむのを自覚する。

ふと思った。

——幸せってなんだろうな？

竜也にとってそれはイコールで、アオツバを推しているときだ。

なら、今は？

目の前には、アオツバであってアオツバでない、ナメガキなクラスメイトがいる。

幸せ、なのだろうか？

——でも舞香だしな。

「んー？　竜也ー？　なーんか失礼なコト考えてなーい？」

「……どうしてわかるんだ？」

「ぷはーっ、やっぱねー！　キモい顔してたからー！」

きゃらきゃらと笑う舞香に肩をすくめる。

舞香にとっての幸せはなんだろうか。

——俺をからかうことじゃないよな？

頭に浮かんだ問いの答えを出せないままに、竜也は自分のコーヒーカップに口をつけた。ほどよく苦く、ほどよく酸っぱい。

†

唐突に舞香がカフェの窓の外を指差す。

「あ、優姫さんだ」

「え？　会長がいるのか？」

「ほら竜也あそこにいるでしょー、右、右、右、あ、左だった」

「おまえな……」

竜也は舞香の指先を追い、窓の外へ目を向けた。

見つける。

通りの向かいにある雑貨店の横で、すっと姿勢良く立っていた。

艶《つや》やかな黒髪。休日だというのに制服姿なのが、いかにも彼女らしい。天瀬川《あませがわ》優姫会長だった。

舞香が小首をかしげる。

「制服を着てるってことは学校の用事なのかな？　学園祭の準備？」

「この時期なら、そうかもな」

クラスの出し物に使う小物でも探してるのかもしれない。

竜也は気合いの入りすぎたお化け屋敷《やしき》を思い出し、微妙な気分になった。闇深いことを熱心に語っていた――あれは彼女の意外な一面というか、心の裏側というやつか。

そのとき、会長に話しかける男がいた。

背が高くて茶髪で、赤いシャツに黒いスラックスという格好の、ちょっと遊んでいそうな風体だ。唇の横に傷跡がある。

――誰だ？

「あっちもデートだったりしてねー」

「はあ⁉」

「は？　あっれーおかしいなー？　竜也は優姫さんがデートだと焦っちゃうんだ？　へー、ほー、ふーん？」

「なんだよその顔は。そういう意味じゃないだろ」

勝手に納得されても困るのだが。

――会長がデート？　そんな相手じゃなくね？　あれは誰だよ？

舞香の声のトーンが変わる。

「……ねえ……なんかおかしくない？」

「む」
雰囲気が不穏だ。
会長が後ずさりする。少なくとも仲良くおしゃべりしているという様子ではなかった。
離れようとする彼女の腕を――
さっきから話し掛けていた、茶髪の男が掴《つか》んだ。
――絡まれてるのか⁉
「竜也！」
「行ってくる！」
立ち上がったときだった。
雑貨屋の中から、学生服姿の小柄な男が走り出てくる。
夏目商業《なつめしょうぎょう》高校の制服だ。
顔に見覚えがあった。
――たしか、野々間《ののま》だったか？　陽寅《はるとら》を照明で輝かせていた。
その野々間が、会長と茶髪男との間に割り込む。
勢いのまま茶髪男を突き飛ばした！
相手がよたよたと後ずさる。
その隙に、野々間は会長の手を取って駆け出した。２人の姿は、すぐ雑踏にまぎれて見

えなくなった。

残された茶髪男は、バツが悪そうに反対方向へと歩き去る。どうやら無事に終わったようだ。

その間――竜也はカフェの中で突っ立ったままだった。

舞香が気まずそうに口を開く。

「えーっと……座ったら？」

「あ、ああ、そうだな」

「出番なかったね。〝行ってくる！〟って格好良く立ち上がったのにね」

「言うなよ、黒歴史だよ」

「あの助けてた男子って、誰だろね？」

「学園祭の手伝いに来てる人だよ。夏目商業高校の……野々間って名前だったかな」

「へーすごかったねー。ちょっと映画みたいだったよねー。ふたり、付き合ったりするのかな？」

そんな雰囲気はなかったが……

竜也は、じっと窓の外を見たまま、考え込んでしまう。

「…………」

「竜也？　えっとさ、もしかして、本気で優姫さんのこと……？」

「ん？　なにを言ってる？　俺はたとえ生まれ変わろうとアオッバに一途《いちず》だ。そうじゃなくてナンパしていた男のほう――どこかで見た気がする」

「えー知り合い？」

「そんなに顔は広くない」

竜也は背もたれに体を預け、腕組みをする。

ハッ！と思い出した。

竜也は慌ててスマホを取り出すと、巧己《たくみ》にメッセージを送る。

『写真もう一度見せてくれ』

†

すぐに竜也のスマホへ、巧己から画像が送られてきた。

昨日、部屋で見せてもらった写真だ。

元はSNSに仲間の一人が上げていたものらしい。

写真には5人のガラの悪い格好をした中学生たちが写っている。巧己の話だと、中央にいる目つきの鋭い男が〝伝説君〟と呼ばれ、当時のヤンキー界隈《かいわい》で恐れられていた。

他の者たちは、彼のチームのメンバーらしい。

竜也は目的の顔を見つけた。

唇の横に傷跡のある茶髪の男だ。

「こいつ……」

中学生のときの写真だから少し印象は変わっているけれど、この人物だろう。面影が残っていた。

舞香が横から身を乗り出してくる。

「ちょっと竜也ーなに見てるのー？」

「すまん、さっきの男。巧己から聞いたヤンキーグループの一人だった。こいつだったよな？」

スマホを見せる。

舞香がぐぐっと顔を近付けた。

「おー？　あっ、ほんとだ。へ〜」

「ケンカにならなくてラッキーだったな。相当に強いヤツだったらしいぞ……当時は有名なグループだったとか、巧己が勝てなかった男の仲間だとか」

「へー、こわー」

「真ん中に写ってるのが、巧己の勝てなかったヤツらしい」

「……ほわ〜ん？」

「なんだよ、その声」

「むむ……」

舞香が竜也のスマホを引ったくる。

「お、おい、どうした？」

写真を拡大して、まじまじと見つめた。

「…………………あー!!　やっぱそうじゃん！　たぶんきっとぜったいそうだよ！　えー？

でも、どういうこと？　ねーねー見てよ竜也」

彼女は拡大した写真を見せてくる。

「伝説君がどうした？」

「これ、さっきの男子だよ」

「さっき、どっかにいたのか？」

本当なら近付きたくない相手ではあるが……

「じゃなくって——さっき、優姫さんを助けてた男子なの！　ええと……」

「……野々間？」

「そう！　その人！　この写真の人だよ！」

舞香がスマホの写真をびしりと指さす。

竜也は目を見開いた。

「はぁ⁉」

「髪の色を変えて、印象的な目元を前髪で隠してるけど、鼻の形が同じじゃん？　覚えてない？」

「見間違いじゃないか？」

「あたしが何年変装やってると思ってんのー？　いつも自分でメイクしてるから、けっこーわかっちゃうんだよねー」

アオツバと舞香という2つの顔を持つ彼女の言葉には説得力があった。

「まさか……」

「たしかに、なんでーって思うけどー」

「野々間が……伝説君？」

だとすると、おかしなことになる。

会長を助けた野々間と、会長をナンパしていた茶髪男は、仲間なのだ。少なくとも中学時代には。

舞香が不安そうに瞳を揺らす。

「優姫さん、大丈夫かな……」

手早く席を片付けて、竜也たちはカフェを出る。

会長が心配だった。

彼女は今、野々間——伝説君と一緒にいる。

竜也たちは周りに視線を巡らせつつ、繁華街を通り抜けた。駅前に出たところで、舞香が指差す。

「いたよ！」

休日の街中だと制服姿は目立つ。

竜也たちが駅前に辿《たど》り着《つ》いたとき、会長は野々間と別れの挨拶をしているところだった。

どうやら、天瀬川家のお迎えが来ていたらしい。会長は駐まっていた黒塗りの高級車に乗りこむ。

もう安全だろう。

会長を乗せて去っていく車を、野々間は手を振って見送った。

とくに目立った動きはなく、そのまま人の流れの中へと消えていく。不審な動きはなかった。

離れた物陰から見ていた竜也たちは、深々と安堵《あんど》の吐息をこぼす。

安心した。

くぅ～……。

舞香のお腹が可愛《かわい》らしい音を鳴らした。

第五話　野々間と伝説君

OSHI no SEISO IDOL ga JITSU wa TONARI no NAMEGAKI de ORE no YOME

とりあえず、近くにあったファミレスに入った。

竜也《りゅうや》たちは注文を済ませる。

「まぁ、何事もなくてよかったよな」

「でも本当だったでしょ？」

「俺には、そこまで見抜けなかったけど、たしかに似てるとは思った」

「もっと近くで見れば、確実なんだけどねー」

過去を隠しているなら、下手につついて藪蛇《やぶへび》になるかもしれない。それは絶対に避けたかった。

竜也は考える。

「……たぶん、自作自演だったわけだよな」

「だよね。野々間《ののま》って人と茶髪男が仲間だったんならー。あ、今は違うってカノーセーもあるけど」

「今の野々間は、中学時代の伝説君とぜんぜん印象が変わってるもんな」

ヤンキーをやめた可能性もある。

茶髪男のほうは、今も変わっていなかった。

「もしかしたら、もう仲間じゃないのかもしれないね？」

「……偶然にも昔の仲間が会長をナンパしたから、助けた……か？　ちょっと偶然が過ぎるよな」

「本当かなーって思っちゃうけど」

もしも、本当にそんな偶然だったとしたら、なにも問題は起きずに平和なのだが。

偶然じゃない場合は？

「どうしてあんな自作自演をしたのか？」

「えー、それは優姫《ゆき》さんが好きだからじゃない？　仲良くなるために、そういうコトしたんじゃないの？」

「好きな相手に、怖い思いをさせてか」

「サイテーだけどさー」

「うむ」

「歪《ゆが》んでるよね、さすがに」

「全身全霊を捧《ささ》げてこその愛情だろうにな」

ぷふっ、と舞香《まいか》が吹き出した。

口もとを押さえると、ジトリと目を細める。

「ちょっとさー、笑っちゃったじゃん！　今はマジメな話をしてるんだよ？」

「冗談を言ったつもりはない。推しは推しても、それ以上は求めない。騙《だま》したり……そもそも独占しようという欲がダメ……そう、弁《わきま》えていない」

ファンとして越えてはならない一線というものがある――と熱弁した。

冷めた目で見つめられる。

「あのさー、今日を振り返ってみなよ」

「む？」

休日にふたりで遊びに出かけ、彼女の母親に娘をよろしくと言われ、今はふたりきりで食事している。

竜也は気づいた。

――あれ？　独り占めしてる？

血の気が引いた。

舞香が、呆《あき》れたように肩をすくめる。

「えーもしかして自覚なかったんですかー？　越えちゃったね、一線」

「待ってほしい。言い訳をさせてくれ」

「ダイジョーブー。わかってるよ。そもそも、あたしから誘ってるんだしさ♪」

「あ、ああ」

冷たい飲み物がほしくなり、竜也はコップの水を勢いよくあおった。

落ち着いたところで、話を戻す。

「……まぁ……野々間が何を考えているのかは、俺たちがここで話していても、わからないよな」

「でも優姫さんには教えておいたほうがいいんじゃないの？」

「……どうだろう？」

「ダメなの？　なんで？」

「今日も、今までも、野々間は何も問題を起こしていない。たぶん、すぐに何かするってこともないだろう。もしかしたら、本当に中学の頃とは違うのかもしれない」

「ああ、うん」

「たまたま気付いた俺たちが、過去のことを伝えて、会長や周りとの関係を難しくするのって……」

「たしかに、変わろうとしてる人の邪魔をするだけだよね」

それもあるし、目的のわからない相手を刺激するのは避けたい。会長に話した場合、態度の変化から、野々間の行動も変わるかもしれない。

もちろん会長に警告したほうが、より安全なのかもしれない。しかし、危険を招くかもしれない。

舞香が眉根を寄せる。

「えーどうしたらいいかわかんないじゃんー。どうするの？　何もしないの？」

会長には恩がある――放っておくことなどできない。

「……俺が、野々間の本心を調べればいい」

†

次の日――

6時限目の授業が終わって、放課後になった。

竜也は舞香とともに、屋上手前の階段室へ向かう。

いつも誰もいない場所だ。ここならば他人に話を聞かれる心配はないだろう。

「……なあ、舞香、本当についてくるつもりなのか？」

「もち！　昨日も言ったじゃん！」

「危険なんだぞ……」

舞香が肩に掛けていたスポーツバッグをどさりと床に下ろす。しゃがみこんでチャックを開けた。

「あたしの手伝いも必要でしょー。もうバッチリ準備もオッケーなんだから♪　これ用意するの大変だったんだよ？　じゃじゃーん！」

舞香が颯爽《さっそう》と取り出したのは、男子用の制服だった。しかも、夏目商業《なつめしょうぎょう》高校の。

そんなものを用意する理由とは――

「俺のぶんだけでよかったのに」

「ちゃちゃっと着替えちゃうから！　あっち向いててねー」

止める間もなく、竜也の見ている前で、舞香がしゅるりと胸のリボンタイを外した。

――え⁉　ここで⁉

外したリボンタイを持ったまま、舞香がシャツのボタンに手をかける。

その手をピタリと止める。

にやっと笑う。

「うわー、めっちゃ見る気だーえっち」

「はっ⁉」

慌てて竜也は反対を向いた。

これで安心だ。

しかし次の瞬間、舞香が視界に跳び込んでくる。

文字通り、ぴょーんと。

ひらめいた金色の髪が階段室の窓から差し込む光で、キラキラと煌《きら》めく。

後ろを向いた竜也の前に、舞香が回りこんできたのだった。

「竜也、見せてあげよっか？」

「は………⁉」

にやーっと舞香の目が細くなる。

「やだぁ〜竜也ってばえっろ〜い！　まだこっち見てる〜ぷはははは！」

また、からかわれた。

ちょっと焦ったけれど、竜也は不思議なほど安堵《あんど》する。

「相変わらず、ガキだな」

子供じみた行動をされると、アオツバであることを忘れられる。いちいち動揺する相手ではなくなるわけで。

「そういうクールっぽいコトはー、胸を見ながら言ってもねぇ？　おっぱいはガキじゃないんじゃないのぉ〜？」

あえて胸元を突き出してきた。

「お、おま……⁉」

上3つまでボタンを外されたシャツから、胸のふくらみが見えていた。あまつさえチラリと下着までもが。

からかわれていると知っていても、つい赤面してしまう。

「ぷふ……うんうん、わかる！　わかるよー竜也わかりてー」

「誤解だそれは……」

否定しつつも内心では、見透かされてしまった恥ずかしさと、わかってもらえている嬉《うれ》しさとが混ざり合っていた。

ぐぐっと谷間が——

いや、舞香が近付いてくる。

「でもさーわかるからこそ、ちゃんと対策しないとね？」

「信用しろよ……」

「えーもしもアオツバが着替えてても見ない？　振り返らない？　ちょっと瞼《まぶた》が開いちゃったりしない？」

それこそ無用な心配だ。竜也がアオツバを穢《けが》すような真似《まね》——命に懸けて〝しない〟と断言できる。

「絶対に大丈夫だ」

「えーショック」

「見られたいのかよ⁉」

「やだやだ、やっぱ見られちゃったら恥ずかしいしー。だから竜也、目隠ししてもいいよね？　お互いに安心でしょ？」

目隠し？

着替えるだけなら、後ろを向いていれば充分だと思うが……

もう何か別の趣向なのではないかと疑ってしまう。

竜也は肩をすくめた。

「好きにしてくれ」

舞香が手にしていたリボンタイを、竜也の頭に巻き付けてくる。

リボンタイの紐《ひも》になっている部分を頭の後ろで結ばれた。くすぐったい。思ったよりしっかりと竜也の視界は覆われた。

たしかに目隠しだ。

目隠し以外の意味はないはず。

「あ、あのさ、舞香？」

「どぉかなーちゃんと見えない？」

「見えないが。他の物は……タオルとかなかったのか？」

「ええー、タオルがよかったの？　ちょっとヤだなー、ヘンタイじゃーん」

「な、なんでだ？」

「今日って体育あったでしょ。そんなタオルを、顔に当てるなんて……無理無理ゼッタイ無理ダメ！」

なるほど。汗を気にしたらしい。

体育のとき汗を拭いたタオルなんて、そんなマニアックな要求をしたつもりはなかったのだが。

「ああもうわかった、早く着替えてくれ」

「……女子のリボンタイを顔に巻いて、早く脱げって言う男子かー、やば」

「よし俺一人で行こう」

「ぷはははははは！　ぷはっ、ぷははは！　ごほっ、ごほっ！　ごめ……ごめんて。ちょっと待って、ほんとに脱いでる。今、脱いでるから」

「笑いすぎだろ……」

「あー、おなか痛ぁー」

本当に笑いすぎだ。

視覚を塞がれているせいか、聴覚が敏感になってしまう。

ようやく着替えはじめたらしい。

衣擦《きぬず》れの音がした。

†

「もういいよー」

舞香の声に、竜也は安堵した。

何時間も待ったような気がしているが、実際には3分も経《た》っていないだろう。

ゆっくり目隠し──舞香のリボンタイを頭から取った。

目を開く。

「ふむ……」

「ふっふー、どうお？　どうお？　似合うー？」

夏目商業の男子の格好をした舞香が、そこにいた。

背中まである金髪が、短い黒髪のウィッグに収められている。まるで魔法だった。

メガネをかけると綺麗《きれい》すぎる目元も隠された。

なにより、あれほど強調されていたシャツの前側がストンと縦に落ちている。

──どうやってるんだろう？

「もしかして……普段がフェイク……」

「なになにー本物を見せろって？　見たいの？　あるよ、ちゃんと！」

「すみません！　疑ってません！」

「男装は初めてだけど、コツをプロのメイクさんに教えてもらったんだよねー。どーよ、これなら問題なくなくなーい？」

「あー声はさすがに誤魔化せそうにないから、やばいときは喋《しゃべ》らないようにするって」

じっと見つめてくる。

真剣だ。

竜也は観念してうなずいた。

「一緒に行くか」

「やったね♪」

「男らしくしてくれよ……？」

「おう！」

舞香がニッと口の端を持ち上げ、男っぽい口調で返事した。やっぱり、かわいらしい声で。

用意してもらった制服を、竜也も身に着ける。

裏門から学校を出た。

並木通りを抜け、橋を渡る。

夏目商業高校までは、徒歩で20分ほどだ。

「舞香、念のために訊《き》くけどスケジュールは大丈夫なんだよな？」

「今日はねー。てか竜也のほうこそ、学園祭の準備はよかったの？　生徒会の手伝いして
「かわいい声で……」

るんでしょ？」

「バイトが入った——と会長には言ってある」

まさか、夏目へ潜入して野々間の真意を調べてきます、とは言えなかった。

「優姫さん、大丈夫だった？」

「とくに変わった様子はなかったな。これまでも何日も一緒に学園祭の準備をしてきたし、急に何か起きるってことはないと思うぞ」

夏目商業高校は、住宅街の外れにある。

ぐるりと塀で囲まれていた。

正門から入ると、視界の開けたグラウンドを歩くことになる。校舎からすっかり見られてしまうだろう。

堂々としていれば見咎《みとが》められる可能性は低いと思うが、リスクはなるべく避けたい。

竜也たちは裏門にやってきた。

あたりには誰もいない。

黒い格子の門扉があって、押してみるとキィと錆《さ》びた音を立てて開いた。鍵はかかっていない。壊れた南京錠《なんきんじょう》がぶら下がっていた。

門扉を押し、滑りこめるだけの隙間を作る。

カァーッ！　カァーッ！

どこかでカラスが鳴いて、びくっと竜也は身を震わせた。

舞香が、ぷぷっと吹き出す。

「もしかしてー？　びびってるー？」

いつもと変わらない舞香に、竜也は強張《こわば》っていた肩の力が抜けた。かなり緊張していたことを自覚する。

「……俺は慎重派なんだよ。舞香は平気なのか？」

へらっと舞香が笑った。

「ステージのドキドキのほうが、ぜんぜん上だからねー」

竜也は目を見開く。

——今のはアオツバの言葉だ！　アオツバの生の声だった！

「アオツもがが—っ⁉」

叫びかけた竜也の口を、舞香の手が押さえた。

やわらかい——ではなく！　竜也は我に返った。目立ってはマズイ。

ジト目を向けられた。

「ちょっとちょっと竜也ー？　あたし一人で行ったほうが安全まである？」

「すみません……」

深呼吸する。

裏門から身を滑りこませて、竜也たちは夏目商業高校の敷地《しきち》へ足を踏み入れた。

†

――潜入の目的は、野々間の本当の姿を知ることだ。

夏目での彼の態度を観察したり、まわりの評判や噂話《うわさばなし》などを聞くことができればいい。

校舎に入った竜也と舞香は、野々間の姿を捜して、3年生の教室を目指した。

階段を上がる。

3階――

廊下から、順々に教室の中を覗《のぞ》いていく。野々間は3年A組だ。それはわかっていても、初めて来る学校なので教室の場所までは知らない。焦らず捜すしかなかった。

意外とバレないものだ。竜也たちは校舎内の様子をじっくり観察した。

放課後だというのに、どの教室にも生徒が残っている。

学園祭の準備をしていた。

看板や飾りなどを作っている。遊んでいる者もいるが、ほとんどがワイワイと楽しげに作業していた。

竜也は嬉しくなる。

「……本当だったんだな。すごいなぁ、会長のパワーは」

舞香が首をかしげた。

「優姫さんの？　なにそれ？」

「燐堂陽寅《りんどうはるとら》──夏目商の生徒会長が話してくれたんだ、天瀬川会長のおかげで、いつもは学園祭に興味ない生徒たちが、今回はやる気になったらしい」

「わぁーやっぱりすごいんだね、優姫さん」

「そうだな」

竜也はうなずいた。

改めて、活気のある教室を覗き見る。

「こんなふうに大勢の人の気持ちを変えちゃうなんて……ほんとすごいなぁー。さすがは優姫さん」

「……舞香だって、やってることだけどな」

つい、そんなふうに言ってしまった。

「お？」

舞香が振り返る。

竜也は焦った。

「いや、舞香じゃなくて、アオツバがな？」

大勢に影響を与えるという意味では同じ。むしろ、それ以上。竜也にとっては唯一無二だった。

舞香ががんばって声を抑えつつ、肩を震わせる。

「……ぷふ……はいはい、別人ねー、べつじーん……ぷぷっｗ」

「そういうとこだぞ」

「こういうとこが、かわいい⁉」

竜也は咳払《せきばら》いした。

「とにかく、野々間はいないみたいだな……他のとこ見に行こう」

3年の教室のどこにも野々間の姿は見当たらなかった。

一度、階段の踊り場へと場所を移す。

思い切って誰かに尋ねてみるべきか？　しかし、会話するとなるとリスクが増える。

悩んでいると――

「オメーら、オレらの教室を見てたよなぁ？　何の用だぁ？」

階段の上から声をかけられた。

「――っ」

面倒なことになった。

3年生と思《おぼ》しき男たちが4人ほど。階段を踊り場へと下りてくる。

太った男がリーダー格か。

4人ともズボンのポケットに両手を突っ込んで、横柄な態度を全身に漲《みなぎ》らせていた。

「見ない顔だなー？」

「あー……転校生でして……校舎内の見学を」

「なるほど。じゃあ、この学校のルールを教えてやるよ。俺の顔を見たら1000円を払え。そしたら毎日が平和になるぞ」

ゲラゲラと男たちが笑った。

本当にガラが悪い。

舞香は怯《おび》えている——かと思いきや、ゆるんだ表情でアクビしていた。

「玖珂峰《くがみね》の連中に比べたら、ふつーの人たちだねー」

——だとしても、ピンチであることに変わりはないんだが⁉

余裕のある態度に、男たちが顔色を変える。

ぐいっと距離を詰めてきた。

「テメー‼　やんのかぁ⁉　ぶっコロスぞ、コラァ⁉」

他の3人も続く。

「ああん⁉」「おおん⁉」「んだぁ⁉」

一瞬、身構えた竜也だったが。

ふと気付く。

――あれ？　この人たち、ケンカする気ないぞ？

芯斗《しんと》と戦ったとき、一撃一撃が意識が飛ぶほど強烈だったのに、不思議と殺気は感じなかった。

最後の一撃以外。

あれだけは本気だった。

そんな馬鹿げた経験のせいか、なんとなく違いが感じ取れてしまった。

〃ぶっ殺す〃っていう感情はもっと、こう……

竜也は正拳を構えた。

真田《さなだ》道場で教わった唯一の〃技〃だ。

舞香を守るためならば、これを使うことを躊躇《ためら》ったりはしない。

相手4人が息を呑《の》む。

「うっ……」

後ずさった。

互いに顔を見合わせながら、ささやき声を交わす。

「おい、マズイ」「こ、こいつ」「タダモノじゃねえぞ」「どこ中だよ」

怯えた様子さえあった。

態度がすっかり変わっている。

からんできた男たちは捨《す》て台詞《ぜりふ》すらなく、階段を上っていった。

――なんだか知らないけど助かった？

「やーるー♪」

ぽんぽんと舞香に背中を叩《たた》かれた。

「なにもしてないけどな」

「そんなふうには見えなかったよー？　なんか圧があったよ、圧が！」

「いやいや……」

このとき、男たちを圧倒したことで、竜也は気が緩んでいた。すぐ逃げるべきだったのだ。

そのせいで男たちが、別の人物を連れてきたことに気づくのが遅れてしまった。

「ヤバイんすよ！　オレらじゃ無理でも、陽寅さんなら！」「陽寅さん、あいつらタダモノじゃねえっすよ！」「たのんます、陽寅さん！」「やっちゃってください！」

竜也の背筋に冷や汗がつたった。

マズイ。

――ハルトラって。

男たちが連れてきたのは、ガタイのいい変わり者だった。

「フッ……オレ様のギルティーな出番ってわけ……んん？　おいおい、ドラゴンじゃねーか⁉」

特徴的なワードセンス。見間違いようもない。

夏目商業高校の生徒会長――燐堂陽寅だ。

タイガーだった。

竜也の数少ない夏目商での知り合い。もう変装を続けるのは無理だろう。

なんとか言い訳を考える。

「えーっと……なんと説明したものか……これは、つまり、様子を見てきたほうがいいんじゃないかと思ったことがあって……」

陽寅がうなずいた。

「野々間を調べに来たのか？」

†

校内では面倒が増えそうだから、と陽寅に連れられ、竜也たちは夏目商業高校から離れて小さな公園に移動した。

遊具のほとんどが撤去され、災害時の避難所としての看板だけが残る寂しい公園だ。当たり前のように他に誰もいなかった。

「ここまで来れば、安心だろうぜ」

彼が言う。

「陽寅、野々間のことだが……」

「その前にドラゴン、そいつは誰なんだ？」

舞香を指差した。

そういえば紹介していなかったか。

今度は、舞香がうなずいた。

「あたしは赤羽《あかばね》舞香。竜也のコイビトだよ」

「ほ、ほう？　そいつはハッピーフォーエバーだぜー。オレ様は燐堂陽寅、夏目商業の罪深きタイガーだ」

「大変な誤解を生んだぞ、舞香」

竜也は焦った。

舞香が、あははーとひとしきり笑ってから。

「あーあたし女の子だからー。これは変装ねー」

ウィッグを取って長い金髪を見せる。

陽寅が目を見開いた。

「ぅおう⁉」

メガネも外すと、だいぶ元の舞香の印象が戻ってくる。まだ化粧は落としていないし、謎に胸元も平らなままだが。

陽寅がまじまじと舞香を眺めた。

「な、なるほどぉー？」

「まーメイクだけじゃなくてー、歩き方とかも変えてたからー」

その説明に彼は大仰にうなずきを返す。

「うむ！　つまり、おまえもなかなかにギルティーなヤツってわけだ。よろしくな、フェザー！」

「ふぇざー？」

「羽だからな！」

舞香と陽寅が自己紹介を終えたので、本題に入る。

改めて尋ねた。

「どうして陽寅は、俺たちが野々間を調べてるってわかったんだ？」

「フム……どっから話したもんかな。恥ずかしい話なんだが、ウチの学校にゃ、オレ様たち生徒会に反発する連中がいてな。そいつらのリーダーが〝夏目のボス〟と呼ばれる、つまり裏番長だ」

「裏？」

「表に出てこないヤツで。指示はするが、誰もその正体がわからねーんだ」

――そんなヤツがいるのか。

舞香が感心した声を出す。

「へーっ、誰にも正体がバレないなんて、そんなマンガみたいな人がいるんだねー⁉」

竜也は舞香を見た。

アオツバの正体が――と思ったが、ここでは言うまいと口を閉ざした。

今は話を進めておく。

「陽寅は、その裏番長が野々間だと疑ってるんだな？」

でなければ、竜也を見つけて〝野々間を調べに来たのか？〟なんて言葉は出てこないはずだ。

彼は否定しなかった。

「野々間……あいつとオレ様が知り合ったのは高校に入ってからだ。最初から大人しい性格で目立たないヤツだった。ウチじゃ珍しい優等生でよ。しかしここ最近、きな臭い噂が聞こえてきてな。ヤクザのやってる店で見かけた、だとか」

「優等生にしちゃ物騒だな」

「本人にそれとなく訊いてみたら、否定されたけどな。人違いだってよ。そのときゃオレ様も納得したんだが……そのあとも妙な噂は絶えなかった」

「なるほど」

今度は陽寅が問うてくる。

「ドラゴンも、そんな噂を確かめようとしてたんじゃねーのか？」

「いや、俺たちは別の理由で、野々間がどんなヤツなのか調べてたんだ」

「ほう？」

竜也はスマホを出した。

例の写真を陽寅に見せる。

「数年前の写真なんだが、こいつは誰だと思う？」

「フム……なんだ、懐かしい写真だな。〝伝説君〟じゃねーか」

「知ってるんだな」

「もちろんだ。オレ様は直接やりあったことはねーが、このへんじゃ有名だったからよ。

で、こいつがなんだってんだ？」

「やっぱ、わからないよな」

隣の舞香を見る。

ふふーん、と得意げに胸を反らした。

見破れるのは舞香だけだ。

訳がわからんという顔をしている陽寅に、竜也は教える。

「野々間だよ」

彼が口をぽかんと開けた。

「なぬ？」

「野々間は伝説君だったんだ」

陽寅はスマホに齧《かじ》りつくような勢いで写真を睨《にら》みつけ、唸《うな》る。

「……………言われてみりゃー……似てる、か？」

舞香が肩をすくめる。

「人の顔なんて、そんなじっくり見ないもんねー」

「ちょっとした変装でも、普通の人にはわからないもんだよな」

舞香をアオツバだと見抜いたのは自分だけだったし、舞香が男装していても気付いた人はいなかった。

「むむ……この写真だけじゃーわからねーが……野々間が伝説君だとしたら、いろいろ腑《ふ》に落ちるぜ」

苦虫を嚙《か》みつぶした顔をした。

竜也は話を続ける。

「それで、昨日あったことなんだが――」

　竜也は陽寅に、昨日の出来事を説明した。

　絡まれた天瀬川会長を、野々間が助けに入ったことだ。絡んできた茶髪男は、伝説君の仲間だった。

　つまり、自作自演の可能性がある。

　偶然にしては出来すぎだ。

　けれども、野々間は更生して真人間になっているかもしれず、だとしたら元仲間から会長を助けただけ。咎《とが》めることは何もない。

　しかし不安はある。

　そんなわけで、竜也たちは野々間がどんな人間なのか調べようと、夏目商に潜入したのだった。

　話を聞き終えた陽寅が難しい顔をして、黙りこむ。やがて――ハッと目を見開いた。

「ドラゴン！　オレ様ぁ、わかったぜ！」

「何をだ⁉」

　陽寅がニヤリと笑う。

「お前、フェザーと付き合ってるんだな！」

「そこかよ！」

「女子とふたりで喫茶店に入るなんて、もう行くところまで行ってるってことだろう？」

意外とピュアだった。

手を繋《つな》いだくらいはしたけれども……

「まぁ、俺たちのことはいいだろ。今は会長が心配だって話だ」

陽寅がうなずく。

「野々間をとっちめるか」

「ヤンキーやめて真人間になってるかもしれないだろ⁉」

「冗談だ。オレ様の知るかぎり、あいつは優等生だ。悪くねーヤツを殴るのは、ギルティーじゃねえ」

——どういう意味で〝ギルティー〟って使っているのか？

陽寅が首を傾《かし》げる。

「しかしよぉ……野々間のヤツが、オレ様たちのシャイニング天瀬川優姫を狙ってるとしたら」

「真人間ではないな」

「夏目のボスが野々間だとしたら、そいつはそーとーにギルティーじゃねえ。放ってはおけねーってことだ」

「そうだな。でも陽寅にもわからないんだよな？」

まだ情報が足りない。

陽寅が瞳に怒りを宿して言う。

「ドラゴン、残念だが……おまえたちの心配は当たってるぜ。そして、野々間は放っておけねーんだ」

確信のある様子だった。

「陽寅、何か知ってるのか？」

「思い出したぜ——伝説君はどこで何してんのかわからねえが、少なくとも仲間と切れてはいねえ。今でも仲間たちの手に負えない面倒事があると、伝説君は敵をぶちのめしてるらしい」

とんでもない情報だった。

竜也は口もとに手を当てる。

「とすると……伝説君は変わっていない……」

「野々間のヤツは真人間じゃねーよ」

「伝説君は氷室っていうらしいけど？」

「名前なんぞ、どうにでもなるぜ」

「それもそうか……」

伝説君が今も仲間と繋がっているということは、先日の一件は、やはり自作自演だったのか。

その目的までは、まだわからないが……

舞香が不安そうに声を震わせる。

「優姫さん……どうしよう……」

陽寅が右手の拳を、左手に打ちつける。

「ヤツを問い詰めるしかねーな。結果は教える。おまえらは今日は帰れ」

「……気をつけてくれよ？」

相手は伝説君だ。

陽寅がニィと笑った。

「誰に言ってんだよ、ドラゴン。任せておけ」

第六話

闇の中

OSHI no SEISO IDOL ga JITSU wa
TONARI no NAMEGAKI de ORE no YOME

翌日——

昼休み。

竜也《りゅうや》と舞香《まいか》は屋上にいた。

普段は鍵が閉まっているが、生徒会の手伝いをしているから、今は簡単に鍵を借りることができた。

他に人がいないことを確認したあと、陽寅《はるとら》から受け取ったばかりのメッセージについて話す。

野々間《ののま》を問い詰めに行った陽寅は、今日の放課後に学校の外で話を聞く約束をしたという。

そこへ竜也も同席を求められた。

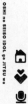

「——野々間が釈明をしたい、ってことらしい」

「釈明ってなーに？」

「向こうにも言い分はあるだろうからな」

野々間が伝説君で、更生していない——その情報だけで、一方的に悪事であると決めつけてしまったが、何かしら事情があるのかもしれない。

舞香が複雑そうな顔をした。

「んーそりゃま正体を隠すってことは、イロイロ事情があると思うけどさ」

「その事情を話してくれるってことらしい」

「でもさーでもさー、やっぱり正体を隠してる人の事情なんて、きっとロクなもんじゃないよ！　世の中をナメてるに決まってるって！」

「それ、舞香が言うか？」

「あたしは別だけど」

「みんなそう思ってるんだろうな」

誰しも隠し事の一つや二つあるものだ。アイドルであることを隠している舞香もそうだし、会長だってやらかした失敗を隠して見栄《みえ》を張るときもある。

だから、隠し事を否定はしない。

しかし、その目的によっては看過できない。

話を聞く必要があった。

「てわけで、放課後に行ってくる」

「え？　あたしは？」

「危険かもしれないから、舞香は待っててくれ。伝説君が更生していないとわかった以上、前回とは状況が違うからな」

舞香が不安げな顔をする。

「竜也は大丈夫なの？」

「いざとなったら逃げてくるよ」

「……ん……わかった！　心配だけど……あたしは待ってるね！」

竜也はホッと息をついた。

「よかった。舞香はてっきりついてくると言い出すかと思ってたよ」

「さすがにねー、足手まといにしかならなさそうだし——あっ、そうだ！」

「ん？」

「服、脱いで」

「なぜ⁉」

人気《ひとけ》のない屋上だ。

突然、服を脱げとはいったいどういうことか？

いつもなら、これほど動揺はしなかったかもしれない。

しかし昨日のことが頭を過《よ》ぎってしまった。

舞香が男装するために、この屋上へ来る途中の階段室で着替えたのだ。竜也は目隠しをされていたが、衣擦《きぬず》れの音は鮮明に思い出せる。

──今度は俺に変装しろとでも？

舞香が笑いだす。

「ぷははは！　あー、ヘンなこと考えたー？　考えたよねー？」

「……かんがえてないが」

「考えたんだー」

「い、いきなり脱げなんて言うからだろ」

「ぷははは！　どーしよっかなー？　ってそうじゃなくて！　Tシャツを出してくればいいよ」

「ああ、そういうことか」

竜也は言われたとおりワイシャツの前を開いた。

今日もアオツバTシャツだ。何着も持っていて、いつも着ている。

アオツバのグッズはどれも家宝のように大切だが、使わなければ意味がないというのが竜也のモットーだった。

そもそも、アオツバ本人が〝着てね〟と言っていたし。

舞香が太字のペンを取り出した。

きゅぽん！　とキャップを外す。

「動いちゃダメだからねー」

Tシャツをぐっと引っ張ると、ペンを素早く走らせる。

竜也は目を丸くした。

「俺の宝に⁉」

「でーきたっ！」

ぴょんと飛《と》び退《の》く。


『がんばれ！　りゅうやくん』


アオツバの字だ。

その横に、サインまで入っている。直筆サイン！

「こ、これは……！　アオツバの直筆メッセージ入りサインだと⁉」

「えへへ、どうお？　どうお？　がんばれそう？」

「そりゃもう……あ、いや、でも舞香が書いたってことは、これは偽物なのでは……？」

「ホンモノなんだけど⁉　あたしがツバサなんだけど⁉」

竜也は頭を抱えた。

「うっ……わ、わかってる……わかってるんだ……これは紛れもなくアオツバの字！　アオツバのサイン！　だが書いたのは舞香だったから……うおおおおお！　なんだこの感情はあああ⁉」

「へー、そんなん拘《こだわ》っちゃうんだー。やっぱ竜也って……さいっこうにオモシロイね！

ぷはははは！」

竜也は深呼吸する。

すーはーと息を吸って吐いて、どうにか落ち着いた。

複雑な感情を味わうことになったが――

「ありがとな、舞香。気合い入ったぜ」

「ぷはっ、ぷぷ、ぷははは！　がんばって、うん……ぷぷ」

「笑うか応援するか、どっちかにしてくれ」

†

放課後――

街を茜色《あかねいろ》に染めた夕日が、西に沈もうとしている。

竜也は指定された喫茶店の前に到着した。

こぢんまりとした店だ。

入り口の前に陽寅がいた。

ようっと片手を上げて挨拶をしてくる。

「来たか、ドラゴン」

「野々間は？」

「もう店の中で待ってるってよ」

竜也は陽寅とともに喫茶店へ入った。

カランカラン、とドアについたベルが乾いた音を立てる。

夕方で小さな喫茶店にしては、けっこう客が多い。一番奥の席に座っている小柄な男が立ちあがってお辞儀した。

野々間だ。

竜也と陽寅は、テーブルを挟んで野々間の対面に腰掛けた。

彼は真面目そうな顔をしている。

こうして近くで見ても、伝説君などと恐れられている男とは感じられなかった。舞香に言われなければ、気付けなかっただろう。

「陽寅さん、影石《かげいし》さん、来てくれてありがとうございます」

言いながらメニューを開いた。

「おふたりともコーヒーでいいですか？　この店はフルーツタルトが美味《おい》しいですよ。今の季節だとベリー&チェリーがおすすめです」

陽寅が呆《あき》れた目を向ける。

「オレ様たちは、のんびりお茶しに来たわけじゃねーんだ」

「でもケンカをしに来たわけでもないですよね？」

「そうならねーかどうかは、おまえの話による」

「怖いですよ、陽寅さん。緊張しちゃうじゃないですか」

気弱なことを言っているようだが、まるで怯《おび》えている様子はなかった。余裕がある。

竜也は警戒心を強めた。

──ただの優等生ではないな。

不気味だ。

竜也と陽寅は、それぞれコーヒーだけを注文した。

野々間はタルトも頼む。

ほどなく注文したものが運ばれてくる。陽寅はコーヒーに砂糖をドバドバ入れた。意外と甘党だったか。

竜也から話を切り出す。

「そろそろ、釈明というやつを聞かせてもらえるか？」

野々間がタルトを頬張る。

呑《の》みこんで、笑顔になった。

「ああ、やっぱりこの店のタルトは絶品ですよ。おふたりも頼めばよかったのに」

陽寅が尻を浮かせる。

「おい！」

まあまあ、と野々間が降参するように両手を挙げた。

「急《せ》かさないでくださいよ……ええと、おふたりは、僕が天瀬川《あませがわ》会長によからぬことを企てている——と疑っているんですよね？　冗談じゃないですよ、この僕がそんなこと……」

「野々間よぉ、昨日も言ったがな、おまえの正体は割れてんだぜ？」

「それが誤解なんです」

竜也は返す。

「誤解？　おまえは伝説君だろ？　この写真に写ってるのは」

スマホを取り出して、例の写真を見せた。

野々間が苦笑する。

「いやいや……待ってくださいよ。どうしてそう思っちゃったんですか？　ぜんぜん似ていないですよ」

「別人だって言い張るのか？」

「だって、そうですから」

竜也は野々間の顔をまじまじと見る。

平然としている。

野々間は自分の変装に自信があるらしい。

竜也は問う。

「じゃあ、そこの写真に写っている連中のことも知らないっていうんだな？　会ったこともない、と？」

「そうですね。知らない人たちですよ」

「日曜日、絡まれた天瀬川会長を助けるために、写真に写ってるヤツを突き飛ばしてたよな？」

ピクッと野々間の余裕の笑みが固まった。

唇の端を歪《ゆが》める。

「なるほどー……あれを見られてたんですか。陽寅さんは話が下手ですね……そういうことは言っておいてくれないとなぁ」

「認めるのか」

彼はやれやれと首を横に振った。

「まさか、見抜く人がいるなんてね。とはいえ、いろいろ噂《うわさ》にはなってたみたいだし……潮時ってやつか」

陽寅が犬のようなうなり声を漏らす。

「テメェー……ってことは、やっぱり〝夏目《なつめ》のボス〟も！」

「さあ、それはどうでしょう？　僕は昔、伝説君なんて呼ばれていましたけれど、夏目商の裏番長までやっているとは言っていませんよ」

「ふざけやがって」

「それを言いたいのはこっちです。今まで騙《だま》されてくれたんだから、これからも騙されてくれれば、お互いにとって良かったじゃないですか」

「だいぶ化けの皮が剝がれてきたじゃねーか、野々間よ。それとも伝説君って呼ぶか？」

野々間が嫌そうな顔をした。

「せっかくのタルトの味が台無しです」

竜也も追及する。

「天瀬川会長に、あんな芝居を打った目的はなんだ？」

彼は大仰に両手を広げた。

「ははっ……魅力的な女性とお近づきになりたいと思うのは、不自然なことではないでしょう？」

予想していた答えではある。

しかし、本当に？

「好きな女性を騙すのが、おまえの愛情表現か？」

「妙なことを言いますね……好意を持った相手の前では、誰しも自分をより良く見せようと嘘《うそ》をつくものでしょう？　普段より身綺麗《みぎれい》にしたり、高い店を選んだり」

「ヤンキーをけしかけて恐《こわ》がらせるのを、ちょっとした見栄と同じに語るんじゃない」

「ふむ……さすがに頭の出来が違うか」

感心したような顔をされた。

どうやら、今の詭弁《きべん》が夏目商では通用していたらしい。

「そうやって周りを馬鹿にして……」

竜也の睨《にら》みつける視線を、野々間は平然と受け止めていた。

「物は相談なんですけど――天瀬川会長には、伝説君のこと黙っててくれません？」

「おまえがもう会長に近付かない、って約束するなら考えてもいいけどな」

「無料《ただ》とは言いませんよ？」

もう真人間とは程遠い発想だった。

竜也は首を横に振る。

「おまえの言葉からは悪意しか感じられない。だから信用はできない。全て会長に話し、今後は近付かないでもらう」

突き放した。

野々間が前髪を掻《か》き上《あ》げる。

冷たく鋭い目つき――思わず身構えてしまうほど圧力が増した。

声まで変わる。

「……そうですか、そうですか、残念ですね。あ～あ……もう少しでゲームクリアできそうだったのになぁ～」

「ゲームって？」

「ふふっ……会長さんを騙してモノにするゲームですよ」

「馬鹿野郎が」

竜也は吐き捨てた。

野々間が肩を震わせて笑う。

「くくく……オトしたら莫大《ばくだい》な資産が手に入るんですよ？　あっそうか、影石さんも狙っているんですか？　だとしたら、競争相手を蹴落とすチャンスですもんねー。なんなら僕がサポート側に回ってもいいですよ？」

竜也は怒りを通り越して、呆れてしまった。

「……おまえ……友達いないだろ」

「へ？　ハハハ……いますよ、たくさん」

野々間が指を鳴らす。

パチン――

喫茶店にいた客たちが、ザッといっせいに立ち上がった。服装はバラバラだが、揃《そろ》って不穏な目つきで竜也たちを睨みつけてくる。

ヒュー ッ、陽寅が口笛を吹いた。

「おもしれー。こいつらみんなおまえの手下か、伝説君よぉ！」

「友達です」

竜也は内心で思う。

——すまない、舞香。逃げられなくなっちゃったよ。

こいつは放っておけない悪党だ。

†

喫茶店の中央。

竜也と陽寅は、野々間の手下たちに囲まれていた。ざっと見ただけで20人はいる。どうりで小さな店に客が多かったわけだ。

カウンターにいた壮年の店員が、迷惑そうな顔で野々間に声を掛ける。

「氷室《ひむろ》……」

そういえば、伝説君の本名は〝氷室零《れい》〟だったか。いろいろ名前が多くてややこしいヤツだ。

「店長、悪いね。僕としては話し合いで解決したかったんだけど」

「ケンカなら外でやってくれ」

親指で店の裏手を示した。

野々間が肩をすくめ、立ち上がる。

「ってことなんで、陽寅さん、影石さん――場所を移そうか。おふたりだって組と揉《も》めるのは嫌でしょ？」

囲まれたまま移動する。

店の裏に、空き地があった。

もう外は暗くなっている。

人通りのある表通りから見えない場所だ。

たしかにケンカするには便利そうではあるが……

できれば、一生、こんな場所とは縁がなければよかった。

うっすら外灯に照らされ、何台かのバイクが駐められていた。おそらく、連中の物なのだろう。

伝説君は真人間の振りして隠れたが、チームは変わらず存在していたわけだ。

竜也と陽寅は空き地の中央に立つ。

20人ほどに囲まれた。

少し離れた場所で、野々間は高みの見物だった。

――結局、こうなってしまったか。

竜也は拳を握りしめる。

多勢に無勢だ。

しかし、逆にチャンスでもある。こちらが相手の土俵で実力を示せば、対立するのは損だと考えて距離を取るかもしれない。

野々間が軽く片手を挙げた。

「1ヵ月ほど病院で寝ててもらえ」

「押忍！」

彼の命令に従って、まずは角刈りの男と、スーツ姿の男が前に出てきた。

身構える竜也と対照的に、先に突進したのは――陽寅だった。

「いつまで待たせんだ、コラァ！　こっちは昨日から、ずーーっと待ってんだ！　いいかげんにしろやァ！」

そんなに前からケンカする気だったのか。

闘争心が溢《あふ》れすぎだろう。

叫びながら一気に距離を詰めた陽寅が、パンチを見舞う。

前に出てきた男が2人――

宙を舞った。

――タイガー、強《つえ》ええ⁉

「オイオイ弱《よえ》えなァ！　伝説君のチームは噂だけかよ、ギルティーじゃねえな！」

「囲んで、潰せ！」

また命令が飛んだ。

今度は何人もが突っこんでくる。

竜也も見ているだけとはいかない。陽寅の背を守るように立つ。

「最近、こういうの増えたな……」

「背中は任せるぜ、ドラゴン！　おまえとはこうなる気がしていたぜッ！」

「ホントかよ」

迫ってきた男が拳を突き出してくる。

おそらく、相手も腕に覚えがあるヤンキーなのだろう。

しかし、玖珂峰芯斗《くがみねしんと》に比べれば、なにもかもが遅い。圧がない。怖くない。

避《よ》けられる——けれども、避けたら後ろには陽寅がいる。

竜也は相手より速く、拳を突き出した。

鈍い衝撃。

「グアッ⁉」

突っこんできた男が地面に倒れた。

「ケンカなんてしたくなかったんだけど……」

「テメェ！　よくも！」

「ウッ」

今度は一発殴られたが、これまた前に吹っ飛ばされたときに比べたら、痛いだけ。

意識が持っていかれるような強烈な打撃ではなかった。

そういえば、病院送りとか言っていたか。

殺気のない拳は軽いものだ。

「悪いけど、こっちは手加減する余裕なんてないからな！」

竜也の返しの一撃で、また目の前の相手が沈んだ。

背後で、陽寅が吼《ほ》える。

「うおおりゃあああぁぁぁー!!」

振り返れば——

竜也が2人と戦っているうちに、陽寅は周りの半分ほどを蹴散らしていた。

考えてみれば、あの荒くれ者だらけの夏目商を仕切っている男だ。ケンカが弱いはずなかった。

陽寅が挑発する。

「次はテメーが来いよ！　伝説君よォ！　まさかテメーも噂だけじゃねえだろうな⁉」

「ハハ……楽しそうだけど、今夜の僕は忙しいんだ」

「なんだぁ？　オレ様のギルティーフォースに恐れをなしたか？　まぁ、謝るってんなら考えてやるぜ」

野々間がスマホで時間を確かめる。

「約束があるんで、これ以上は君らにかまってる暇がない。そろそろ行かないと」

目を細めてニッコリと笑った。

陽寅が訝《いぶ》かしむ。

「約束だァ？」

竜也は嫌な予感がした。ぎゅっと心臓をつかまれたような感覚だ。

野々間が前髪を下ろして、鋭い目元を隠す。いつも若緑《わかみどり》高校に来ているときの彼になった。

「天瀬川さんと会う約束があるんだ。じゃあな」

背を向ける。

竜也は全身の血が沸いた。

「ま、待て！」

捕まえようと駆け出す。

しかし、手下の男たちが立ち塞がった。

「行かせるか！」

顔面を殴られそうになるのを、とっさに腕でガードする。弱い相手ではなかった。

「ぐぅ……野々間！　待てよ！」

「くく……僕の友達とゆっくり遊んでなよ、ヒーローども」

彼の姿が裏路地に消える。

追いかけようとするが、何人もの男たちに遮られた。手下の連中はまだ10人近く残っている。

竜也は歯がみした。口の中に血の味が広がる。

——会長！

†

焦ったことで、状況は悪くなった。

ただでさえ大勢を相手にしたケンカは圧倒的に不利なのに。

角材で殴られて膝をついた陽寅——そこへ追撃しようとした男を、竜也は殴り飛ばした。

「大丈夫か、陽寅⁉」

「当然ギルティーだぜ、ドラゴンッ！」

立ちあがったものの——

ぜーはーっ、と荒い息をついている。

陽寅はデカくてパワーはあるが、スタミナ切れが早かった。もう限界が近づいている様子だ。

竜也のほうも、握りしめた拳が重かった。

——まずい、このままじゃ……

ドルルル！

低いうなり声のような音が近付いてきた。

バイクのエンジン音だ。

それも1台や2台ではなく、何台もの音が重なり合って。

裏路地の暗がりから、ヘッドライトの灯《あか》りが視界に飛び込んできた。

竜也は焦る。

――まだ手下が増えるのか⁉

相手の増援がやってきたのかと、絶望的な気分になる。

しかし、周りを囲んでいる相手側の様子がおかしい。むしろ、向こうのほうが焦っていた。

怯えている？

空き地に入ってきた先頭のバイクが、囲んでいる男たちに突っこむ。

轢《ひ》かれそうになった手下は、悲鳴をあげて逃げた。

バイクが竜也たちの前で止まる。

「陽寅さん、捜しましたよ！」

「フッ……ギルティーなタイミングだぜ、おまえたち！」

竜也にも見覚えのある顔だった。

潜入したとき絡んできた、1000円男だ！

「陽寅の仲間か⁉」

「たまげたじゃねーか。野々間と会うことは話してなかったんだが……」

「オレら、裏番長を調べてたら、ここに手下を集めてるって噂を聞いて――なんかヤベエって思ったんすよ！」

バイクが次々と空き地に入ってきた。学園祭の手伝いで見知った顔も何人か。

竜也たちを囲んでいた男たちは、陽寅の仲間たちに取り囲まれる側となり、震え上がった。

「うっ、ううぅ……」

「陽寅さん！　こいつら、どうします⁉」

「どうでもいい！　そんなことは後回しだ！　野々間のヤローは伝説君だった！　そして、今はシャイニングがピンチだ！　俺はマックス追いかけなきゃならねぇ！」

気持ちが急いているのはわかるが、その説明では仲間たちに伝わらないだろう。竜也は情報を補足しようとしたが……

千円男たちが、拳を突き上げる。

「おう、わかったぜ、陽寅さん！」

――伝わった⁉

「どうすりゃいいんだぜ、陽寅さん！」

やっぱり、伝わってはいなかった。

陽寅は１０００円男のバイクに手を伸ばす。

「貸してくれ！」

「ウッス！」

バイクに跨《また》がった陽寅が、バンバン！とエンジンを吹かした。大声をあげる。

「行くぜ、ドラゴン！」

「わ、わかった！」

後ろに飛び乗る。

バイクなんて乗ったことはなかったが……

1000円男が慌てて言う。

「お、おい、ちょっと待て！　ヘルメットしとけ。お巡りさんに怒られるぞ」

「……どうも」

†

陽寅の操るバイクが、空き地から飛び出す。

裏路地を抜けた。

竜也は片手でしがみつきつつ、どうにかスマホを取り出し、会長に電話をかける。

しかし――

〝電波の届かない場所にいるか電源が入っていないため……〟

――と無機質なアナウンスが流れるばかりで、連絡は取れなかった。

焦燥感が増す。

陽寅がエンジン音に負けないよう、大声で訊《き》いてくる。

「ドラゴン！　野々間はどこでシャイニングと会うと思う⁉」

ヤツは言わなかったが……

「この時間なら、会長は生徒会室にいる！　誰と約束があろうと、間違いなく生徒会室だ！」

「なんでわかる⁉」

「仕事が山積みだからだ！」

普段から他人の仕事まで引き受けてしまう人だ。もう学園祭まで何日もないから、外へ出かける余裕はない。

陽寅が大きくうなずいた。

「わかった！　マックスぶっ飛ばすから、つかまっていろ！」

「お、おう……」

「若緑高までギルティードライブだぜーッ‼」

叫び声と同時に、すさまじい勢いでバイクが加速しはじめた。

「ちょっ……うおぁぁぁー!?」

竜也は経験したことのない勢いで振り落とされそうになる。シンプルに生命の危機を感じ、文字通り必死でしがみついた。

†

夜の若緑高——

追いかけてきたことを野々間に気付かれると、面倒なことになる。

陽寅は正門から離れたところへバイクを駐めた。

もうほとんどの生徒は下校している時間ではあるが、まだ学園祭の準備をしている生徒がちらほらと残っている。

会長も、その一人のはずだ。

竜也と陽寅は校庭を突っ切り、昇降口へ。校舎に入った。

階段を2段飛ばしで駆け上がる。

廊下を全力で走った。

生徒会室のドアが見える。

焦燥感が募る。

ここまで、野々間の姿は見つけられていなかった。

ということは、おそらくもう野々間は会長と会っている。

嫌な想像ばかりが膨らんだ。

——無事でいてくれ！

竜也たちは廊下を駆ける。


目の前で、生徒会室のドアが開いた。


「なっ⁉」

生徒会室から現れたのは、制服姿の野々間だった。

前髪を下ろして、本性を隠している。

そして、会長がいるはずの部屋から、野々間だけが出てきた——ということは——

竜也は絶望のあまり、頽《くずお》れそうになった。

陽寅が叫ぶ。

「テメェ！　クソッ！　テメェ！　シャイニングに何をしやがったァー⁉」

野々間が冷めた目で睨んできた。

「チッ……何もしてませんよ。天瀬川会長は、留守でしたからね」

一瞬、呆《ほう》けてしまう。

竜也は聞き返す。

「留守？」

「どっかの教室か部活に呼ばれたんでしょう。ほんと間の悪い人ですよね」

「そ、そうか……」

どこかでトラブルがあると、いつも会長は呼ばれていた。そして、彼女は必ず手助けに行く。

天瀬川優姫《ゆき》のいつもの行いが、彼女を救ったということか。

陽寅が高笑いする。

「ワッハッハッ！　シャイニングはいなかったか！　ハッ、空振りとはダッセーことになったな、野々間よ！」

「僕、昔からこうなんだよね……運が悪いんだ。世界に嫌われてるんだよ。だから、こんなの慣れてる」

野々間が表情を歪ませた。

会長は無事らしい。

しかし、問題は解決していない。

〝手遅れではなかった〟というだけだ。今、会長はどこにいるのか？　まだ学校にいるのは間違いないと思うのだが……

　タイミングが良いのか悪いのか、当の本人が現れる。

「あら、みんな揃《い》って、どうしたの？」

　無邪気な声に振り返った。

　天瀬川会長が廊下を歩いてくる。

　ニコニコと笑って、小さく手を振った。小脇には何やら紙束を抱えている。

　いつもの彼女だ。

　本当に無事だった。

　竜也は思わず目頭が熱くなった。

「か、会長！」

「うん？」

「……うっ、く……っ」

「えっ、どうしたの、影石くん？」

　普段と変わらない彼女を見て安心した。

　——まだ終わってない！

危険は目の前にいる。

竜也は気を引き締め直し、会長をかばうようにして立った。隣に陽寅も並ぶ。

「シャイニング！　オレ様の後ろにいろ！」

「ええっ？　燐堂くんまで？」

本性を隠した野々間が、人畜無害そうな笑みを浮かべる。

「天瀬川会長、約束どおり二人だけで相談したいことがありまして。いっしょに来ていただけませんか？」

「ええ、もちろん。でも少し待ってくれないかしら。ええと、影石くんと燐堂くん、何かあったのかしら？」

困惑するのは当然だろう。

竜也たちは、明らかに野々間に敵愾心《てきがいしん》を見せていた。

「シャイニング、騙されんな！　こいつは悪党だったんだ！　まったくギルティーじゃない野郎だぜ！」

——悪いのか悪くないのか。

相変わらず、陽寅の説明は独特すぎてよくわからない。

まだ会長は困惑している様子だった。

竜也は言葉を付け足す。

「この野々間は、実は悪党グループのリーダーだったんです。先日、会長の腕を掴《つか》んだ茶髪の男もその仲間です。気をつけてください」

「え、そんな……」

背を向けているから、彼女の表情まではわからないが、ショックを受けていることは声から窺《うかが》えた。

おそるおそる会長が野々間へ尋ねる。

「……本当なの？」

野々間が泣きそうな顔をした。

「陽寅さんも影石くんも、誤解してるんです！　ひどいんですよ、そんなこと言うなんてひどい。本当にひどい。ひどいですよもう、ひどい、ひどいひどいひどい！　天瀬川会長、違うんです。僕を信じてくださいよ。お二人が嘘をついてるんです！」

泣きそうな声で訴えた。

会長は情に厚い。困っている人を助けずにはいられない性格だ。そんなふうに涙ながらに訴えられたら――

彼女がキッパリと告げる。

「影石くんは理由もなく誰かを悪く言ったりしないわ」

うむ、と隣で陽寅がうなずいた。

野々間が固まる。

「……嘘をついてるのは、僕だって言うんですか？」

「どちらにも言い分があると思うわ。だから、ちゃんと話してくれないと──」

「もういい」

声が変わった。

野々間が前髪を掻き上げる。

裏の顔だった。

鋭い目つき、暗い笑み。

「あーあ……やっぱり、力尽《ず》くしかなくなっちまったか」

伝説君が現れた。

†

息苦しさを覚え、竜也は自分が呼吸するのを忘れていたことに気づいた。

野々間の放つ気配が、がらりと変わっている。

竜也は熊のような大男──玖珂峰芯斗と対峙《たいじ》したときを思い出す。

目の前にいるのは、はるかに小柄な男だ。それなのに、あのときを超えるほど強い威圧感だった。

陽寅が唇の端を歪める。

「ハッ！　いいツラになったじゃねーか、野々間！　いや、伝説君よォ！」

「僕の計画を台無しにしてくれたな。君らは、もう逃がさないし、許さないし、容赦しない」

「ククク……最初からそうやって、全力でぶつかってこいってんだ！　このギルティーなオレ様が叩《たた》きのめしてやるぜ！」

床を蹴って、陽寅が距離を詰める。

巨体が躍動する。

体重の乗った蹴りが、野々間へと放たれた。相手の横腹へと叩きこむ。

それより早く――

一人だけ早送りのような速さで、野々間が蹴りを出していた。陽寅の巨体が、まるでクルマに撥《は》ねられたみたいに吹っ飛んだ。

「ぬがあぁぁー⁉」

絶叫とともに壁へ叩きつけられる。

陽寅が床に転がった。

――一撃⁉

何人もの猛者を相手に圧倒していた男が。夏目商を仕切っているケンカ番長が。

これが〝伝説君〟と恐れられた強さか。

野々間がせせら笑う。

「ふふは……お望みどおり、ひさしぶりに全力を出してやったぞ。叩きのめしてくれるんじゃなかったのか、陽寅さん？」

「ううぅ……ギルティーなキックじゃねえか……伝説野郎」

「前々から、ずっと言いたいことがあったんだよ、陽寅さん」

「くっ」

「君さ、〝ギルティー〟の使い方が、おかしいよ」

それだけは同感だった。

竜也は後ずさる。

「会長……後ろにいてください」

竜也は拳を構えた。

相手は強い。

だからといって、引き下がるわけにはいかなかった。

野々間がゆったりと歩いてくる。

「危ないときにはいつも後ろか……天瀬川優姫、お嬢様っていいよな。いつもそうやって誰かに守ってもらえる」

会長が息を呑んだ。

「……野々間くん、あなたの目的は何なの？」

「わかれよ」

また一歩、野々間が近づいてこようとする。

その足がガクンと止まった。

「む？」

倒れていた陽寅が、野々間のズボンの裾を摑んでいた。

「ハッ！　また本気の蹴りを出してみやがれ。今度はテメーのズボンごと吹っ飛ぶぜ！」

ニヤリと笑う。

「君、変なんだよッ！」

陽寅が、今度は竜也に向かって叫ぶ。

「ドラゴン！　逃げろ！　シャイニングを守れ！」

野々間が陽寅の顔面を踏みつける。

「うざいんだよ、負けたら素直に退場しとけ！」

「行け！」

陽寅の声に、突き飛ばされるように竜也は駆けだした。

「逃げましょう、会長！」

手を掴んで強引に連れ出す。

「でも燐堂くんが！」

会長が悲痛な声をあげた。

竜也とて助けたい。けれども、今の自分が勝てる相手とは思えなかった。

ケンカでは勝てない。

けれども――

「会長が無事なら、陽寅の勝ちなんです！」

今、竜也ができることは、この場から会長を引き離すことだ。

陽寅の奮闘を無駄にしないためにも。

会長の手を引いて走る。

逃げ出した。

†

校舎から出るために、1階へ。

会長を連れて階段を下りようとした竜也は、慌てて足を止めた。

階段の下に見覚えのある人影があった。

味方ではない。

髪を茶色に染めた男だ。唇の横に傷跡がある。

——伝説君の仲間⁉

そういえば、写真に写っていたメンバーたちは、喫茶店にいなかった。それも当然で、陽寅は元メンバーたちを知っている。店にあんな目立つ茶髪がいたら一目瞭然だ。

階下にいるのは、偶然ではないだろう。

こんな事態を想定して、野々間が呼んでおいたのか。逃げ道を塞ぐために。

——強いくせに用心深いヤツだ！

「会長、こっちです」

学校の外が無理なら、せめて別の棟へ。

息を弾ませつつ、会長がうめく。

「あの人は……」

彼女の横顔に寂しさの色が浮かんでいた。

信じていた者に裏切られるのは、いつだって誰だってつらい。掛ける言葉を探したが見つからなかった。

竜也は別のことを尋ねる。

「会長、家の人に助けを求めることってできますか？」

「あ、そうね」

うなずいた会長がスマホを取り出す。

表情を強張《こわば》らせた。

「んあ、充電、切れてる……」

「え」

「どうして？　どうして？」

これも野々間の策略だったりするのかと思ったが……

「いつもと違うことしましたか？」

「あ！」

「何ですか？」

「アレはちがうのよ？　ちょっと友達に教えてもらった猫ちゃんの動画を見てたら、ついつい止められなくてね」

「ぷはっ」

竜也は思わず吹き出してしまった。

電話しても繋《つな》がらなかったのは、そういう理由だったらしい。

笑っちゃいけないときなのに笑ってしまった。

ガーン、と会長がショックを受ける。

「うう……ごめんなさい～」

「あ、いや、笑うつもりはなかったんですけど——そ、そんなこともありますよね」

タイミングが悪かった。

とにかく校舎から出るのは難しい状況だけれども、野々間から逃げなくては。危険な状況に変わりはなかった。

廊下の先から、声が聞こえてくる。

「天瀬川会長～どこですか～？」

野々間だった。

悠々と声をあげながら、追いかけてきている。

生徒たちは彼の正体を知らない。ともすれば会長の行き先を教えかねなかった。

竜也たちは徐々に追い詰められていく。

胸に手を当てた。

——やるしかないだろ？

この胸には——このアオツバTシャツには、無敵になれるメッセージが刻まれているの

だから！　がんばれ！　りゅうやくん

竜也の中から、恐怖心や不安感が消え、霧の晴れた思考の先には明確な道筋が浮かび上がった。

決意を固める。

——俺が、伝説君を、倒す！

当たって砕けるだけではダメだ。

今回は、相手の拳を割っただけでは、負けである。

追いかけてこられないよう、はっきり勝たなければならない。そのためには何かしらの備えが必要だ。

——何かしら？　何だ？　何がある？　何かないか？　考えろ。考えろ……

妙な音が鳴る。

くぅ～……

「ん？」

「ふわわぁ」

会長が赤面した。

どうやら、彼女のお腹《なか》の音だったらしい。そういえば、夕飯を食べていなければ空腹になる頃か。

ふと竜也は考える。

「会長の空腹……」

「ちょ、ちょっと影石くん、聞かなかったことにして？」

「とんでもない！　ナイスアイディアですよ！」

「ええっ？」

「会長のお腹に感謝しないと！」

「よくわからないけど、やめて？」

ある場所が閃《ひらめ》いた。

†

一方――

野々間は、ゆっくりと歩く。

面倒なことになった。

天瀬川優姫に本性がバレたうえ、取り逃がすとは……

「天瀬川会長〜どこですか〜？」

教室から、ひょこっと女生徒が顔を出した。

「あ、夏目の……」

「どうも、お手伝いに来ている者です。会長さん、見ませんでしたか？」

「ここの前を通りましたよ？」

「ありがとうございますー」

愛想の良い笑みは得意技だ。

それと同時に、天瀬川と影石の甘さに、驚きすらあった。

こちらの正体を触れ回れば、こんなふうに情報を与えることはなかったはず。足止めすらできたかもしれない。

しかし、そうなれば〝伝説君〟が関係ない生徒たちに手出しするかもしれない――と考えたのだろう。

巻き込まないために、他の生徒たちには何も言わない――彼女たちは、そういう選択をした。

——ヘドが出る。

焦る必要はまったくなかった。

天瀬川を校舎から出すな、と信用できる手下に命じてある。他の無能と違って、仕事のできる連中だ。

一人一人が陽寅くらい強いし、頭も回る。

どこへ逃げた？

じっくりと追い詰めていく。

学園祭の準備で出入りしているから、校内の配置は把握している。

——3年の教室？

もう準備が終わって、人が残っていない区画だった。

せめて他の生徒を巻き込まないように、か？

「バカが……」

廊下を進む。

足音はなかった。

どこかの教室に潜んだか。

一つ一つ調べていくのは面倒だが、ここだろうという場所が見つかった。

3年D組。

——たしか、天瀬川のクラスの、か。

学園祭の出し物のため、看板が出ている。薄汚れた板に赤ペンキで。

『お化け屋敷《やしき》』

「ふん……化けて出てやるか」

野々間は口元を歪めた。

今の自分は幽霊のようなものだと感じていた。すでに本来の自分は消えていて、この姿は苟且《かりそめ》。

そして、生者を殺したいほど恨んでいる。

「さてさて……お化け屋敷のオープンだ」

中に入る。

暗い。

足もとが仄《ほの》かに照らされているだけの通路が続いていた。

「影石竜也、出てこいよ」

ブツッ、とノイズ混じりの音がした。

天井から吊《つ》るしてあるスピーカーから、その影石の声が響いてくる。

『――野々間、これがゲームだって言うなら、すでにお前の負けだ。もうやめろ』

「命乞いか？」

『意味がないって言ってるんだ』

スピーカーからの音声なので、相手がどこでしゃべっているのかは、わからなかった。

苛立《いらだ》たしい。

ムダな時間稼ぎだ。

暗幕で仕切られた通路を進む。

「影石、君らはずいぶん身体《からだ》を張って、その女を守ろうとしているようだが……ソイツにそんな価値はないぞ」

『何の話だ？』

――知らないから、そんな正義の味方みたいなツラができる。

ヒーロー気取りのお人好《ひとよ》し。お姫様でも守ってるつもりか？

腹立たしい。

「僕の家は、その女の家にめちゃくちゃにされたんだ。下町で工場をやってた父親は、天瀬川がやってる企業の不始末を押しつけられた。多額の借金を抱えた親父《おやじ》は、家族を置いて夜逃げしちまった。ヤクザに追われていたから、もう死んじまってるかもなぁ」

スピーカーの向こうから、女性が息を呑むのが伝わってきた。

影石が時間稼ぎをしているうちに、天瀬川を逃がす可能性も考えていたが……バカ正直に一緒にいるようだ。

『――会長に近づいた本当の理由は、復讐《ふくしゅう》か』

「そういうことだ」

『おまえの恨みが天瀬川家に向いたものだとして、家と彼女自身とは関係がないだろ』

野々間は深々とため息をついた。

心底おめでたいヤツだ。

「ご立派な意見だな。残念だが、僕はそう思わない」

『……嘘だな』

「あン？」

『おまえは――天瀬川家を恨んでいても、会長のことを復讐の相手とは考えられていないんじゃないか？』

「ハァ？　なに言ってんだ？」

『最初から、会長を害するだけが目的なら、わざわざ真面目な生徒の振りをして近づかなくてもよかった』

「教えてやったろ？　ゲームだったんだ」

『ゲームにした目的は？　復讐なら、楽しむ必要はない。おまえは、会長を嫌いになりたかったんだ。そうすれば遠慮なく手を下せるから』

「チッ……頭デッカチな学校のヤツは面倒だな」

『普通の生徒として接すれば、きっとお嬢様な会長が偉そうな態度をとる——と思ってたんじゃないのか？　けれど、そうはならなかった』

「黙れよ、殴るぞ」

まだ居場所はわからない。

本当に教室の中にいるのか？

『強い復讐心を持っているのに、すぐ行動を起こさなかったのは——会長が良い人だったからだろう？』

「ゲームを遊んでただけだ」

『自分で言っててわからないのか？　矛盾してるんだよ。そんな強い復讐心があるのに、わざわざ正体がバレるかもしれない猶予期間を与える理由って？』

「僕は、君みたいにマジメじゃないんだよ」

『もうやめろ、野々間』

苛立つ。

——この僕が、あの天瀬川優姫にほだされた、と？

「訳知り顔で……」

『自明だって言ってるんだ』

父親を追いこんだ家の娘に？　そんなものは認められない。

「影石、出てこい。その思いこみを、この拳でぶち壊してやるよ！」

お化け屋敷の仕掛けを無視して、どんどん進む。

角を曲がった。

――いやがった。

影石だ。

こちらを睨み、拳を握りしめる。

『思いこみがあるとすれば、それはおまえのほうだ。本当は天瀬川優姫を害したくないのに、復讐すると言い張ってる！　よく考えろ！　おまえは自分自身に嘘をついてる！』

一言一言、聞くたびに頭の中がごちゃごちゃになる。

――うるさい！　うるさい！　うるさい！

野々間は床を蹴る。

突進した。

「黙れよ！　君のよく動くアゴを砕いてから、じっくり考えてやるよ！」

拳を振り上げる。

相手の意識を拳に向けさせ、蹴りを放つ。

相手の顎を砕き散らす。

無数のケンカの経験から、すっかりイメージが固まっていた。このイメージが覆されたことはない。

「病院で後悔しろよ、バカが――ん？」

影石の姿に違和感があった。

波打っているような。


――鏡だと⁉


野々間が突っ込んでいく影石は、鏡に映ったものだった。

本物は、どこに？

真横。

――なぜ、これだけの殺気に気付けなかった⁉

影石にごちゃごちゃ言われて、それが全く的外れでもなかったせいで、冷静さを失っていたのか。

暗幕の合間に、今度こそ本物の影石の姿があった。

生意気にも正拳を構えている。

——こいつ、有段者か⁉

突進の勢いがつきすぎた。体勢が変えられない。避けられないなら、全身に力を込めて耐えるしか。

思考の最中だった。

衝撃に全身を貫かれる。

野々間が想定するより圧倒的に速い打撃に、打ち抜かれたのだった。

†

竜也は全身全霊をこめた一撃を放った。

たった一発なのに、道場で何回も練習したのと同じくらい疲れた。それくらい集中した正拳だった。

「はぁ……はぁ……」

肩で息をする。

本当に一か八かだった。挑発に乗って、突っ込んできてくれなかったら、失敗だった。

ゆっくり歩いてこられたら、鏡の隣で身構えているだけの竜也だった。

上手《うま》くいった。

お化け屋敷の仕掛けを利用したのだ。

騙されて鏡に突っ込んでいく野々間に対して、真横から全力の正拳を叩きこんだ。

相手は吹っ飛んで、まだ起き上がらない。意識はあるようだが……。

竜也は安堵《あんど》する。

「しばらく寝ててくれよ」

「大丈夫、影石くん？」

傍らで息を潜めていた会長が、不安げに声を掛けてきた。

「行きましょう」

「う、うん」

彼女が野々間のほうを見る。

こんなときでも、ケガ人の心配だ。

しかし、いつ野々間が復活するかわからないし、もう一度やったら絶対に勝てない。

竜也は会長を急かし、お化け屋敷の外へ出た。

「もっと逃げないと……屋上？　いや、他の教室のほうが……」

身につけたばかりの〝技〟は負担が大きすぎたのか。竜也は過剰に体力を消耗してしまっていた。

視界が傾く。足の力が抜けた。

なんでもない廊下の途中で、つまずく。

会長が竜也の肩を支えてくれた。

「影石くん⁉」

「あ、だ、大丈夫です」

耳元でやわらかい声で、彼女が言う。

「ありがとう」

「でも、まだ……」

「ううん、安心して。貴方《あなた》のおかげで、もう大丈夫よ。もう帰宅の時間になったから、きっと迎えの人が来るわ」

ほどなく、「お嬢様！」と呼ぶ声が聞こえてきた。たしか、送迎の車を運転していた人だ。

「もしかして、護衛でもいるんですか？」

「よく知らないけど」

下には伝説君の仲間が見張っていたはずだ。それを苦にせず迎えに来たということは、そういうことなのだろう。

竜也は今度こそ心の底から安堵する。

その途端に、膝から力が抜けてしまった。

†

しばらく後——

住宅街にある竜也の家の前で、黒塗りの高級車が止まった。

「影石くん。着いたわ」

「ありがとうございます会長。送ってもらっちゃって」

「これくらいじゃ、お礼にもならないわ」

あの後——

結局、天瀬川家のＳＰが駆けつけ、野々間は警察へと引き渡されたらしい。

自分で歩いて、抵抗はしなかったそうだ。

陽寅は病院に担ぎこまれた。

普通なら命に関わる重傷、という医者の話だったが……

帰宅途中、本人から電話がかかってきた。

『伝説君をぶっ飛ばしたらしいな！　さすがはドラゴンだぜ！　オレ様は情けねーことになってるが……学園祭までに絶対ギルティーに復活するからよ！』

「お、おう、後は任せてくれ」

これくらいしか言えなかった。

本当に本当の重傷という話だったが、本人はせいぜい足を捻挫したくらいのノリだった。

——まぁ、タフな男だ。

なんにしても、今日はゆっくり寝たい。

竜也は車から降りる。

「ふぅ……」

「ちょっと待っててちょうだい」

そう運転手に伝えて、会長も降りてきた。

見送りしてくれるのか。

薄暗い外灯の下で向き合った。

もう遅い時間だから人通りはない。

改めてお礼を言おうとして——竜也は口をつぐんだ。

会長の表情が暗い。

取り繕って微笑《ほほえ》む彼女が、なぜだか小さな子どもみたいに見えた。

「あの、会長……?」

「なにかしら?」

「また無理してませんか？」

会長が困ったように眉をひそめる。

「影石くん、そういうのは見なかったコトにしてほしかったかなー……」

「す、すみません」

「責任取ってくれる？」

「どうすれば？」

「ちょっとだけ、動かないでね」

彼女が近づいてきた。

そのまま細い腕を、竜也の背中へと回してくる。

ぎゅー！

強く抱きしめられた。胸に額をぐりぐりと押し当てられる。

うっ、うっ、と嗚咽《おえつ》が漏れ聞こえてきた。

「怖かったの……」

「はい」

「でも、それよりも悲しかった……私、ちょっと前から気付いていたの。でも何もできなかった！」

「そうだったんですね……」

「わかってるのよ、私が彼に何かできるなんて考え、きっと傲慢だわ。でも本当に変わってほしかった。変わってくれると信じたかった。私は……私はぁっ」

「あいつ……野々間には、会長の気持ちは伝わっていたと思いますよ」

「そう、かしら？」

「俺の言葉、あいつに効いてました。だから、会長が何もできなかったなんてこと、ありませんよ。あの一撃──俺が勝てたのは、会長の思いやりが、あいつに届いていたからだって思います」

そうでなければ、野々間は動揺しなかっただろう。冷静であれば、あんなトリックは見抜かれてしまったはずだ。

「届いて……いたなら、嬉《うれ》しいけれど」

抱きしめてきていた彼女の腕から、徐々に力が抜けていった。

顔が持ちあがる。

瞳が潤む。

竜也を見つめて、今度こそ取り繕わない笑みを浮かべた。

「優しいのね、影石くん」

顔が近づいてくる。

彼女の唇が、竜也の頬にちょんと触れた。

たしかに触れた。

全身に痺《しび》れるような感覚が走る。竜也の思考が停止して、しばらくしてから理解が追いついてきた。

──キスされた⁉　会長に⁉

「え、会長⁉」

「ごめん、甘えすぎちゃったわ」

また耳元で囁《ささや》かれた。

かあぁーと竜也の頬が熱くなる。

彼女が身を離す。

その顔も耳から首筋まで真っ赤になっていた。

「そ、それじゃあね、影石くん！　今日は本当にありがとう。また学校で会いましょう！」

風のように車へ乗りこんだ。

タイヤを鳴らして走り去る。

石のように固まってしまう。

彼女の乗った車が走り去っても、竜也はしばらく動けなかった。

エピローグ

EPILOGUE

長い一日が終わって、翌日の昼休み。

竜也《りゅうや》は舞香《まいか》とともに生徒会室を訪れた。

お茶会――というのは名目だ。つまりは、昨日の報告会だった。

野々間《ののま》が現れてからは、会長も当事者だったから顚末《てんまつ》は知っている。しかし、そもそもなぜ彼が、あんな急な行動に出たのか？

そのあたりの説明を求められていた。

竜也としても、会長が〝ちょっと前から気付いていた〟と言ったことが気になっていた。

情報交換の途中――舞香が食べていた茶菓子を噴き出しそうになった。

咳《せ》きこむ。

「げほごほ！　えーっ⁉　優姫《ゆき》さん！　野々間が伝説君だって、気付いてたんだー⁉」

「ええ……最初は、ぜんぜんわからなかったのだけれど」

「どうやってー⁉」

「野々間くんは覚えていなかったけれど――子供の頃、会社のパーティーで一度だけ話したことがあったのを思いだして……」

話によると小学生の頃で、しかも数百人規模のパーティーだったらしいが。

「ぷはっ……記憶力、やば！」

「こ、子供は少なかったから！　思い出してから、ちょっと家で話題にしたら——執事が素性を調べてて」

「執事ー!?　すご」

——反応するのはソコなのか？

ともあれ、そういうものなのだろう。会長に近付く者は警戒して調査している、ということか。

他ならぬ野々間が言っていた。オトしたら莫大《ばくだい》な資産が手に入る——復讐《ふくしゅう》なんて目的ではなくとも不埒《ふらち》な輩《やから》はいるものだ。

警戒して当然か。

——舞香が実はアイドルの蒼衣《あおい》ツバサだと、会長は知っているのかもしれない。

竜也としては複雑だった。

野々間が伝説君だと早く気付いていたら、会長を危険な目に遭わせず対処できたかもしれないと思ってしまう。

彼女は申し訳なさそうに眉尻を下げた。

「ごめんなさい」

「あ、いえ、いろいろ考えがあってのことでしょうし……」

竜也は紅茶のカップを傾けた。

ふむふむ、と舞香が。

「じゃあ会長は、野々間に騙《だま》されてなかったんだー？」

「途中からよ？」

「……会長は、ヤツを信じたかったんだよ」

正体には気づいていたが、真人間に変わろうとしている、と信じていた。

結果としては、野々間は復讐心を優先してしまったが。

しかし、会長の信じる気持ちが、彼の行動に影響したのは間違いない——と竜也は考えていた。

舞香がクッキーをもぐもぐ頬張りながら、口を開く。

「ひょれれふぁー」

「こら、口の中を空にしてからしゃべれ」

「んごく！　それでさー。伝説君を倒したあとは、どうなったの？　校舎から出られないようにしてた仲間ってのが残ってたんでしょ？」

竜也は歯切れが悪くなる。

「あー、それなー……」

「えーっと……会長のSPが来てなんとかしてくれたんだよ」

運転手もSPの一人だったらしい。野々間にやられて気絶していた陽寅《はるとら》も、手当てしてもらって病院へ。

捕縛も通報も、すっかり全部やってくれた。

舞香が目を丸くする。

「SP来たんだ？」

「そうなんだよ」

へー、と舞香が気のない声を出す。

なにもない空中を見つめて、「あれ？」となにかに気づいた様子で、こちらへと視線を戻す。

「じゃあさー竜也ってば……がんばる必要なかったんじゃん？」

「そうなんだよなー‼」

竜也はつっぷした。

あ、いえ……と会長がフォローしようとしてくれたが、それより先に舞香が吹き出す。

「ぷっははっ！　マジー⁉　ギャグに体張りすぎだよー⁉」

「おまっ、がんばれって応援してくれただろ⁉」

彼女のメッセージ（直筆サイン付き）のおかげで、最後までがんばれたのに！　ひどい話だった。

「ぷはは！　でもでもー、必要ない人だったんでしょー？　ぷぷぷっ、ねーねー？」

「そうだよ！　そうなんだよ！」

――ああ、アオツバのライブで癒やされたい～！　アオツバＬＯＶＥ！　アオツバＬＯＶＥ！

珍しく会長が身を乗り出した。

「ちが！」

両手を左右に振る。

舞香が笑い声を引っ込める。

竜也も現実逃避から帰ってきた。

会長が、まじまじと竜也のことを見つめてくる。そして、ほんのり頬を染める。

「ちゃんと助けてもらったわ。私にとって、影石《かげいし》くんはヒーローだもの」

「か、会長……」

鼻の奥がじんとする。優しい。感動だ。

彼女がはにかむ。

「そ、それで、あの……お礼にというわけではないのだけれど、学園祭の休憩時間、私と一緒にまわってくれないかしら？　学園祭の準備も、ずっと手伝ってもらっているから、お昼くらいごちそうさせて」

そういうことなら、竜也に断る理由はなかった。

「いいですよ」

舞香が微妙な顔をする。

「えーと、優姫さん？」

「なにかしら、舞香ちゃん？　影石くんを誘うのは問題あるかしら？」

「……いえーぜんぜん、なんでもないけどー」

もごもごと口を動かすと、紅茶の入ったカップを持ち上げた。

啜《すす》る。

「ずずずずず〜」

またアオツバのイメージとはほど遠い音を立てていた。

†

学園祭、当日――

休憩時間だ。

約束通り、竜也は会長と学園祭をまわっていた。

活気づいた校内。

屋台をハシゴしていると――

全身を包帯でグルグル巻きにした怪しい男に声をかけられる。

「ギルティーに大成功な祭じゃねえか、ドラゴン！　シャイニング！」

「ミイラ男⁉　って、まさか、おまえ、陽寅か⁉　来ちゃって大丈夫なのか、おまえ？」

「フッ！　この通りオレ様はギルティーだぜ！」

ダメなんじゃないのか？

見た目以外は元気そうではあるが。

会長がお辞儀する。

「燐堂《りんどう》くん、この間は本当にありがとうございます」

陽寅がニッと笑う。包帯を巻いているから、いまいち表情がわかりにくいが。

「天瀬川《あませがわ》優姫、顔を上げてくれや！　あんたは堂々とシャイニングであればいい！　それがオレ様の望みだ」

「えっと……がんばってみるわね」

〝シャイニングであれ〟と言われても、普通の人は困惑するだけだろう。

最近、なんとなく意図がわかってしまう竜也だったが。

「仲間たちも望んでる！　テンション上げてぶちかましてくれ！」

会長が輝くような笑みを見せる。

たしかにシャイニングだった。

†

野外ステージで、カラオケ大会が行われている。

会長が舞台に上がった。

夏目《なつめ》商の生徒たちのたっての希望である――天瀬川優姫会長といっしょに校歌を歌いたい、と。

けれども、希望した夏目の生徒たち全員を上がらせるにはステージは狭い。結果、会長だけがステージに立つ形になったのだった。

ステージに設置された大型スピーカーから音楽が流れ出す。

マイクの前に堂々と立ち、会長が歌いあげる。

生徒たちが唱和する。

夏の日差しにめげもせず、心清くたくましく――

歌が終わると、盛大な歓声が沸き起こった。

†

会長が夏目商の生徒たちに囲まれ嬉《うれ》しそうな笑みを浮かべるのを見届けると、竜也は校舎へ向かった。

生徒やお客さんたちで賑《にぎ》わう廊下を歩く。

――よかった。

学園祭の成功は、準備を手伝ってきた者の一員として、純粋に喜ばしかった。

階段を上る。

向かっているのは屋上だ。

舞香から、スマホのメッセージで『ちょっと来てー』と呼び出されていた。

扉を開ける。

強烈な日射《ひざ》しに目がくらんだ。

催し物のない屋上は、普段と変わらず静かだった。階下の賑わいが聞こえてくるだけ。

「舞香ー？　どこだー？」

ぱっと目につくかぎりに姿はなかった。

屋上への扉はいつもなら施錠されているはずで、すんなり開いたからには舞香がもう来ていると思うのだが――

強い風が吹く。

見間違うはずのない黒髪が、視界の端で揺れた。

――え⁉

ドキリと心臓が脈打った。思考がフリーズしそうになる。

時間が止まったような感覚の中、竜也は視線を横にスライドしていく。

黒髪をなびかせる少女がいた。

リボンのあしらわれた季節物のワンピース姿。

やたらデカいサングラスをしているが……

「あ――アオツバー⁉」

竜也は叫んでいた。

彼女――蒼衣ツバサが人差し指を立てると、艶《つや》のある唇に押し当てる。

「しーっ」

「あっ、あっ、あっ」

竜也は慌てて自分の口を手で塞いだ。こんな場所にアイドルがいると知られたら大騒ぎになってしまうかも。

ツバサがゆっくり近付いてくる。

ニコッと笑いかけてきた。

「ふたりっきりだね、竜也くん♪」

「――ふぁ、ふぁい！」

推しのアイドルとふたりっきり！

こんな幸せな言葉があるだろうか！

心臓の音がドキドキとうるさい。待てよ？　聞こえてしまうんじゃないか？　やばい。

変な汗もかいていた。

ツバサが小さく首を傾《かし》げる。

「あれ？　なんで離れちゃうの？」

「わ、わわわ弁《わきま》えにゃいとぉ！」

竜也は声が裏返った。

くすくす……

ツバサが肩を揺らす。

「しょうがないなぁ」

竜也が離れたぶんの距離を詰めてくる。手を伸ばせば触れられてしまう近さまで。

ドキドキドキドキ！

竜也は心臓が破裂しそうだ。

——俺は夢を見てるのか⁉　推しアイドルと、ふたりきりなんて！

もちろん心の中の冷静な部分では、彼女が舞香であるとわかっている。

けれど、オンとオフは別である。

つまりオンのときは、紛れもなくアオッバなわけで……

今はアオッバだ。

——何がどうなっているんだよ⁉

尋ねたいことはいっぱいあったが、口がぱくぱくと動くだけで意味のある言葉を出せなかった。

逆にアオッバが尋ねてくる。

「竜也くん、わたしのステージ、観《み》てくれた？」

「——も、もちろん！　アオッバのライブはぜんぶ観てるし、ラジオも聴いてるし、グッズだってコンプしてるし！」

ツバサが照れくさそうに頬をかく。

「えへへ、ありがとー」

「お、おお……っ」

「でもね、そうじゃなくてね、さっきのステージのことなんだよ?」

「え……さっきの?」

「うん、体育館でね。サプライズのゲストだったんだけど」

竜也は固まった。

ドキドキしていた心臓が止まった気がする。

「はえ? それってつまり……アオツバがライブしたってこと……ですか?」

竜也は愕然《がくぜん》とつぶやいた。

んーっ、とツバサが胸の前で腕を伸ばす。

「気持ちよかったなー。みんな盛り上がってくれたしー」

言って、サングラスに触れた。

ズラす。

くりっとした瞳に、顔を引きつらせた竜也が映っていた。

彼女が続ける。

「えへへー、ホントにさいっこーに盛り上がってたなー。告知のないサプライズだったから、わたしを知らない人も多かったと思うんだ。でも、みんなで手拍子やかけ声も合わせられて……最高だったなー。初ライブを思い出しちゃった!」

「ウッ! そ、そうか……」

「ざんねん。参加してなかったんだ。――ぷはっ」

ツバサが吹きだした。

いや、もうツバサではない。

オフの表情に――いつもの舞香に戻っていた。姿格好はそのままでも、はっきりと雰囲気が切り替わっている。

なにより、アオツバは竜也を指さして爆笑しない。

「ぷはははは！　ぷはははは！　そっかそっかー！　参加できなかったんだー！　ツバサのライブ！」

竜也は叫んだ。

「どうして俺は、その場にいなかったんだああああああああ！」

†

屋上で叫ぶ竜也は、心で泣いていた。

ひどい。

ひどすぎる。

なんでこんなひどい仕打ちをされなきゃならないのか？

ライブをすると教えてくれていたなら、すべてに優先して駆けつけたのに。自分だけを特別扱いしろ、なんて口が裂けても言えないが……

でも！　けど！

うぐ……

ジトっとした視線を舞香に向けてしまう。彼女はまだ笑い転げていた。

「おい、舞香……」

「ぷははは！　あー、くるしー、しぬー。ひー、や、やば――」

呼吸困難になりそうで心配なほどだ。

「大丈夫か？」

「あー、うんー……落ち着いてきたー……ふぅ……はー……」

「おまえな……」

呆《あき》れていると舞香はウィッグとサングラスを外した。

大きなスポーツバッグにしまう。

私服だとか化粧だとか違いはあるが、とりあえずいつもの舞香に戻っていた。

金髪のナメガキだ。

「それで、なにー？　竜也、あたしに一言あるって感じ？」

「さすがに……ひどいだろ。いったい俺にどんな恨みがあるんだよ。俺がどれだけアオッバを好きか知ってるのに……」

「んー、なんでライブのこと教えなかったんだって？」

「……泣くぞ」

「竜也もあたしに言ってないことあるんじゃない？」

「え？」

今度は、舞香がジト目でにらみつけてきた。

「優姫さんとキスしたらしいね」

竜也、固まる。

「なんか優姫さんの様子がおかしかったから一ガチで問い詰めたらさー、教えてくれたんだよねー」

冷や汗が出てきた。

「いやぁそれはぁあのぉ」

「お？　お？　言い訳かー？　言い訳するのー？　う・わ・き・も・の」

ぐいっと胸ぐらを摑《つか》まれた。殴られる!?

顔面に一発は覚悟した竜也だったが、待っていても予想した痛みはやってこなかった。

代わりに、滑らかな感触がそっと頬に触れてくる。

舞香の手のひらだ。

心臓が跳ねる。

すぐ近くに彼女の顔があって。

お互いの息づかいが混じり合っていた。

「えっと……舞香？」

「キスってさー、そういうのはさー、コイビトーとするもんだよねー？」

彼女の瞳には、こちらの顔だけが映っている。

目を逸《そ》らせない。

頭の中に冷静な声が響く。

――俺たちはフェイクでは？

舞香の言葉に、そんな思考は吹っ飛んでしまう。

「しちゃうよ？」

「……ッ」

熱っぽい唇に、言葉を封じられた。

触れ合った場所から相手の温度が全身に広がっていく。

熱い。

ライブの熱気と同等……いや、それ以上の熱が注《そそ》ぎ込《こ》まれたような気がした。

最高の熱だ。

——そうなんだ。俺に熱をくれるのは、いつだって！

ゆっくりと顔が離れる。

舞香は照れまくって頰を染めていた。しかし瞳には見慣れたイタズラの色を宿らせている。

にひーっと唇の端を持ち上げた。

「本物になっちゃった、ねー♪」

ぱっと身をひるがえして、抑えきれないとばかりに舞香はダンスのステップを踏んだ。

屋上で行われる、演者ひとり、観客ひとりの、秘密のステージ。

金髪が揺れる。

「ぷははは！」

青い空に届く、笑い声が響いた。

E
N
D

あとがき／むらさきゆきや

本作品はYouTubeチャンネル《漫画エンジェルネコオカ》にて、漫画家さいたま先生作画で公開中の漫画動画『推しアイドルが同級生』シリーズを原作とした小説です。春日《かすが》秋人《あきと》先生と一緒に書かせていただきました。しかし、まぁ……2人で書いても楽にはなりませんね。面白くはなったと思います！

めちゃめちゃラブコメです。ラブコメなんです！　が、どんどんバトルが増えていって独特な世界になった気がします。楽しんでいただけたなら嬉しいです。

今回もイラストは、かにビーム先生に描いてもらいました。いつもかわいい！

デザインをしてくださったアフターグロウ様、ありがとうございます。

そして、いろいろあって、かなりスケジュールを遅らせてしまったんですが……ずっと支えてくださった担当編集の庄司《しょうじ》さん、本当にありがとうございます。おかげさまでまた本を出すことができました。

講談社ラノベ文庫編集部と関係者の皆様。応援してくれている家族と友人たち。そして、読んでくださったあなたに最高の感謝を。ありがとうございました。

むらさきゆきや

あとがき／春日秋人

どうも、春日秋人です。

本作をお手にとっていただきまして、ありがとうございます。第2巻です。お待たせいたしました。推しへの気持ちでどこまでも突き進む竜也《りゅうや》の活躍を、楽しんでいただけましたら幸いです。

ところでこれは経験則なのですが、推し活は健康に良いです。私の場合、がんばるためにがんばっている推しを見ると自分もがんばろうと思えます。

生活をちゃんとするようになりました。

ひとつには食生活の改善です。

外食は控えめに。納豆やキムチなどの発酵食品パワーで腸の働きを活発に。就寝前の炭水化物を断つ……すると、朝メシがめっちゃウマい。

気づくと学生時代と同じ体重になってました。やったー、体が軽い！

推し活、おすすめです。

関わってくださった皆様に、そして、読んでくださったあなたに、心より感謝を。

ありがとうございました！

春日秋人

講談社ラノベ文庫

推《お》しの清楚《せいそ》アイドルが実《じつ》は隣《となり》のナメガキで俺《おれ》の嫁《よめ》2

むらさきゆきや・春日秋人《かすがあきと》

2024年1月31日第1刷発行

発行者	森田浩章
発行所	株式会社　講談社 〒112-8001 東京都文京区音羽2-12-21
電話	出版　(03)5395-3715 販売　(03)5395-3605 業務　(03)5395-3603
デザイン	AFTERGLOW
本文データ制作	講談社デジタル製作
印刷所	株式会社ＫＰＳプロダクツ
製本所	株式会社フォーネット社

KODANSHA

ISBN978-4-06-534757-7　N.D.C.913　263p　15㎝
定価はカバーに表示してあります

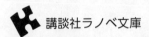